Franz Werfel

Der Abituriententag

Geschichte einer Jugendschuld

„Ernst Sebastian, übermütig und tatkräftig, trifft auf Franz Adler, dem bedächtigen und intellektuell begabten Klassenbesten. Was als gutmütiges Kräftemessen beginnt, wächst sich zur Qual aus: Der physisch überlegene Sebastian erniedrigt und malträtiert schließlich seinen Mitschüler. Bei Werfel wird dieser Vorgang zur moralischen Selbstvergewisserung: Er lässt seinen Protagonisten Ernst Sebastian mit schonungsloser Selbstreflexion mit sich selbst ins Gericht gehen.“ *Redaktion Gröls-Verlag* (Edition I Werke der Weltliteratur)

Redaktionelle Hinweise und Impressum

Das vorliegende Werk wurde zugunsten der Authentizität sehr zurückhaltend bearbeitet. So wurden etwa ursprüngliche Rechtschreibfehler regelmäßig *nicht* behoben, denn kleine Unvollkommenheiten machen das Buch – wie im Übrigen den Menschen – erst authentisch. Mitunter wurden jedoch zum Beispiel Absätze behutsam neu getrennt, um den Lesefluss zu erleichtern.

Wir sind bemüht, ein ansprechendes Produkt zu gestalten, welches angemessenen Ansprüchen an das Preis/Leistungsverhältnis und vernünftigen Qualitätserwartungen gerecht wird. Um die Texte zu rekonstruieren, werden antiquarische Bücher von leistungsfähigen Lesegeräten gescannt und dann durch eine Software lesbar gemacht. Der so entstandene Text wird von Menschen gegen eine Aufwandsentschädigung gegengelesen und korrigiert – Hierbei können gelegentlich Fehler auftreten. Wenn Sie ebenfalls antiquarische Texte einreichen möchten, wenden Sie sich für weitere Informationen gerne an

www.groels.de

Informieren Sie sich dort auch gerne über die anderen Werke aus unserer

Edition | Bedeutende Werke der Weltliteratur

Sie werden es mit 94,075 %iger Wahrscheinlichkeit nicht bereuen.

Die Deutsche Nationalbibliothek verzeichnet dieses Werk in der Deutschen Nationalbibliografie.

Verleger: Marcel Hermann-Josef Gröls, Poelchaukamp 20, 22301 Hamburg.
Externer Dienstleister für Distribution und Herstellung: BoD, In de Tarpen 42, 22848 Norderstedt

Erstes Kapitel

Der Untersuchungsrichter Landesgerichtsrat Doktor Ernst Sebastian tötete die erst halb genossene Zigarre. Er pflegte während seiner Amtshandlungen nicht zu rauchen. Ein Verhör war noch anzustellen. Da die Uhr schon auf sechs ging und die Sonnenstrahlen immer schiefer den Stuhl des Verhörs trafen, der wie ein zusammengebrochener Mensch vor dem Schreibtisch hockte, wollte Sebastian sich beeilen.

Er hatte überdies Burda, dem Gymnasialprofessor Johann Burda, fest versprochen, dem heutigen Abend keinesfalls fern zu bleiben. Es war rührend, wie eifrig sich dieser Burda um das Zustandekommen einer höchst überflüssigen und reichlich verlogenen Feier bemühte! Ein sentimentaler Mensch, der ganz unmerklich die Schulbank mit dem Katheder vertauscht hatte, der sanftäugige Professor Burda! Sein Briefstil, mit dem er den ehemaligen Kameraden bat, ›das fünfundzwanzigjährige Jubiläum des Jahrgangs neunzehnhundertundzwei des Nikolausgymnasiums mit seiner Gegenwart zu beehren‹ – dieser Stil durfte wahrlich kaum ciceronianisch genannt werden.

Fest entschlossen, dem Kollegentag nicht beizuwohnen, hatte Sebastian den Brief vorerst unbeantwortet gelassen. Doch dann war Burda persönlich bei ihm erschienen, mit kindlicheifrigen Worten die Zusage einmahnend. Diese dringliche Bitte abzulehnen, wäre unhöflich gewesen. Auch mischte sich eine kleine dumpfe Neugierde ins Spiel, die Sebastian gar nicht bemerkte.

Der Landesgerichtsrat war ein Mensch, in dessen Wortschatz der Begriff ›Umstellen‹ eine große Rolle spielte. Die Umschaltung vom Schlaf zum Wachen, vom Dienst zum Leben, vom Urlaub zum Alltag beanspruchte viel Zeit und war mit mancherlei schwerfälligen Umständlichkeiten verbunden. Auch heute würden zwei Stunden das geringste Maß sein, das für die langwierige Prozedur des Umstellens berechnet werden mußte. Die ersten Augenblicke jeglicher Geselligkeit, das Betreten auch eines befreundeten Salons, Gruß, Handkuß, leichtes Gespräch, vorgetäuschte Gelassenheit, all das erforderte selbst in gewohnter Umgebung einen ganzen Mann. Um wieviel mehr Nervenfrische mußte man für das Wiedersehen mit einer Schar von gealterten, einander grundlos duzenden Männern bereit halten!

Sebastian schellte ungeduldig und befahl die Vorführung. In der Zwischenzeit blätterte er den Akt an:

›Mord an der Prostituierten Klementine Feichtinger.‹ Seines Erachtens war die Sache sehr unklar. Doch lag vielleicht die Unklarheit nur darin, daß er sich selber nicht gehörig auf den Fall vorbereitet hatte. Er wußte nicht mehr, ob es äußere Abhaltung oder ein innerer Widerstand gewesen, der ihn gestern beim Studium des Aktes behindert hatte.

Glücklicherweise aber war es das erste Verhör, das er heute mit dem Verdächtigen anstellen sollte.

Sebastian war ein sehr moderner Jurist. Er behauptete zwar, keine Macht der Welt könne den legitimen Kriegszustand aufheben, der zwischen Richter und Angeklagten herrsche, aber da der eine Teil der Kriegführenden, der Richter nämlich, in gar zu gewaltigem Vorteil sich befinde, so wolle es die Menschlichkeit, daß man dem Benachteiligten im Spiele einige ›Punkte vorgebe‹. Er verstieg sich sogar mißbilligenden Kollegen gegenüber zu der Behauptung, der Richter müsse einen Teil seiner Truppen auf Seiten des Feindes kämpfen lassen; dies sei nicht nur im Interesse der Gerechtigkeit, sondern mehr noch zum Erweis der Wahrheit vonnöten. All die bewährten Mittelchen der Untersuchung, Kreuzverhör, Verstrickungsfragen, Widerspruchsfallen, Überraschungsschläge, waren ihm in der Seele verhaßt. Er verdammte sie als den ›malleus maleficarum‹, den rückständigen Hexenhammer, als das Folterreglement der modernen Rechtspflege.

Ernst Sebastian hegte feste Überzeugungen, die er schon des öfteren in kriminalistischen Fachblättern dargelegt hatte.

Da war zum Beispiel gleich ›das erste Verhör‹. Nach seiner Auffassung sollte es in der Form einer zwanglosen Unterhaltung verlaufen. Richter und Beschuldigter müßten zueinander Vertrauen fassen, ehe an eine ersprießliche Weiterarbeit zu denken wäre. Vertrauen könne aber nur dann herrschen, wenn der Richter die menschliche Gleichstellung, die dem Noch-nicht-Verurteilten gebühre, mit aller Höflichkeit des Herzens anerkenne. Eine humane Begegnung beider Parteien, wohlgemerkt *beider*, müsse stattfinden, damit sich aus der einzigartigen Beziehung des Rechtsverwalters zum Rechtsbrecher der Kristall der Wahrheit bilde.

Sebastian hegte eine wirkliche Leidenschaft für sein Amt, für den gar nicht hochgewerteten Beruf eines Untersuchungsrichters. Hundertmal schon hätte er zu höheren Befugnissen aufrücken sollen. Er war dreiundvierzig Jahre alt, Landesgerichtsrat, der Hofratstitel wartete seiner, dennoch wußte er sich jeder Amtserhöhung zu entziehen. Die Untersuchung war ein Posten für jüngere Leute. In Richterkreisen hieß es, daß für diesen Beruf jeder gewitzte Polizeikommissär genüge. Sebastian war anderer Meinung. Vor einigen Monaten hatte ihn der Justizminister höchstpersönlich zu sich beschieden, um ihn umzustimmen. Vergebens! Man munkelte, Sebastians Ehrgeizlosigkeit sei nichts anderes als Hochmut. Sein Vater hatte zu Zeiten der Monarchie als Präsident des Obersten Gerichtshofes die höchste Richterstelle im Staate bekleidet. Der Sohn sei ein geistreicher Mann und bei der besten Gesellschaft, auf vielen Schlössern Exösterreichs ein gerngesehener Gast. Das genüge ihm.

Der Landesgerichtsrat sah nach der Tür und erhob sich. Es gehörte zu seinen Prinzipien, die Vorgeführten stehend zu empfangen wie Besucher.

Der in diesem Augenblick eintretende Untersuchungshäftling machte den Eindruck eines um mindestens zehn Jahre älteren Mannes, als es Sebastian war. Er blieb in großer Entfernung mit knieweichen Beinen stehen und hielt den Kopf gesenkt, eine Gebärde, die der Richter genau kannte und die unzweifelhaft bewies, daß der Mann sich das erstemal in dieser Lage befand.

Sebastian wartete, bis der Justizsoldat verschwunden war, dann sagte er mit einer hellen Stimme, deren angenommener Metallklang Markigkeit und Güte zugleich zu umspannen hatte:

„Also Sie sind Herr Adler? Guten Tag!"

Er streckte seine Hand aus. Der Mann mit dem gesenkten Kopf bemerkte es nicht. Sebastian aber zog die ausgestreckte Hand nicht zurück, sondern legte – als hätte er mit der allzu großen Geste nichts andres vorgehabt – diese Hand auf die äußerste Randverzierung seines Schreibtisches. Jetzt klang seine Stimme flüchtig und verwischt:

„Herr Adler, treten Sie nur näher! Mein Name ist Doktor Sebastian!"

Der Beschuldigte rührte sich nicht.

Der Richter sprach weiter schnell und leise:

„Wir kommen, Herr Adler, heute an diesem Ort nur zusammen, um uns ein wenig kennenzulernen. Fürchten Sie sich nicht! Sie sehen, unser Gespräch hat keine Zeugen. Mein Schriftführer ist nicht anwesend, die Amtszeit ist längst vorüber. Sie können ruhig sprechen. Vor Gericht sind Sie nur für jene Aussagen verantwortlich, die protokolliert und von Ihnen unterzeichnet worden sind. Ich sehe Ihnen an, daß Sie meine Stellung, die Stellung des Untersuchungsrichters, falsch beurteilen. Ich bin nicht Ihr Feind. Meine Aufgabe ist es nicht, zu überführen, sondern zu untersuchen. Ich könnte Ihr Feind nur von dem Augenblick an sein, wo ich davon überzeugt wäre, daß die gegen Sie vorliegenden Verdachtsgründe schlagend sind. Davon aber bin ich durchaus nicht überzeugt, Herr Adler! Ich bitte genau aufzufassen, was ich Ihnen hiermit gestehe: Ich habe nicht das geringste Interesse daran, einen Schuldbeweis gegen Sie zu konstruieren. Andere Herren würden Ihnen jetzt vielleicht die gesetzlichen Erleichterungen vorhalten, die ein furchtloses Geständnis nach sich zieht. Ich verzichte auf eine derartige Vorhaltung. Sie können ruhig annehmen, daß ich in Ihnen nicht den Beschuldigten sehe, sondern den Menschen, der so oder so in eine Klemme geraten ist. Also Mut, Herr Adler! Bitte nehmen Sie Platz!"

Adler schlich leise zum Verbrecherstuhl und setzte sich. Das erste, was Sebastian an dem Manne auffiel, war die große Glatze, verbeult und ausgebuchtet wie ein abgenütztes Geschirr. Der Haarkranz, der diese Glatze umlief, bestand aus schmutzig-grauen, ziemlich langen Locken. Ein Rundbart von der gleichen Farbe. Die Stirne war so mächtig vorgebaut, daß sie die doppelt geschliffene Brille zu überwölben schien, hinter der wimperarme Augen an Lidrandentzündung litten. Der Mensch war weder groß noch klein, weder gut noch schlecht gekleidet.

Doktor Sebastian tauchte in die reiche Maskengarderobe seiner sozialen Richtererfahrung, um den Mann unterzubringen: Nachtredakteur etwa, urteilte er. Dann entnahm er dem Faszikel das Blatt, auf dem Adlers Nationale verzeichnet stand. Seine Worte konnten in ihrem näselnden Klang die bösartige Scherzhaftigkeit nicht ganz verhehlen, die aus der Allmacht dieser Situation zu entspringen pflegt:

„Einige kleine Formalitäten müssen Sie in Kauf nehmen, Herr Adler!"

Und er verlas:

„Franz Josef Adler, geboren am siebzehnten April achtzehnhundertundvierundachtzig zu Gablonz in Böhmen ..."

Langsam legte er das Blatt hin:

„Sie sind nicht älter als vierundvierzig Jahre!? Aber das ist doch ..."

Den Rest des Satzes verschluckte er, um den Beschuldigten nicht zu kränken.

Aber er dachte: aufs Jahr so alt wie ich, fuhr sich durchs volle Haar und streichelte seine jugendliche Backe. Nun aber schob er den Akt zur Seite und stellte ohne Vorlage seine Fragen:

„Möchten Sie mir nicht Ihren Bildungsgang schildern, Herr Adler?"

Der Mann hatte eine sonderbare Stimme. Sie stieß die Worte kurz aus und fraß sie doch zugleich in sich hinein. Die Zischlaute überwogen und gaben den Worten eine vertrackte Würde, nicht anders als die zuckenden, gleichsam kurzsichtigen Verbeugungen, die Adler hier und da seinen Sätzen anfügte. Sein Gesicht stellte verzweifelte Höflichkeit dar und errötete oft und ohne Grund. Selbst die Haut unter den dünnen Augenbrauen wurde rot, und die mächtige Stirn zeigte große scharfumgrenzte Flecken. Dies beobachtete Sebastian, ohne daß er sich in das Gesicht des Verdächtigen allzusehr vertiefen mußte. Er verspürte, daß trotz der verzweifelten Höflichkeit und der vertrackten Würde dieses Gesicht auf unnachahmliche Art grinse, als suche es einen Spießgesellen, der es ebenso lächerlich finde, wie es sich selbst fand.

Adler berichtete:

„Ich habe das Gymnasium besucht. Leider aber war ich gezwungen, meine Studien zu unterbrechen. Später habe ich dann manches nachgeholt und mehrere Semester Philosophie an der Berliner Universität gehört; auch historische Fächer. Den Doktortitel habe ich allerdings nicht erworben."

Zuckende Verbeugung.

Sebastian legte Hochachtung an den Tag:

„Ihr Bildungsgrad wird Ihnen nützlich werden, Herr Adler! Jetzt aber sagen Sie mir bitte ein Wort über Ihren Beruf! Wovon leben Sie?"

Adler zerkaute tiefernst die Worte, mit denen er bekannte: „Ich lebe von Rätseln."

Sebastian lauschte aufmerksam dem paradoxen Satz nach, ehe er sich verwunderte:

„Von Rätseln? Was heißt das?"

Adler schlug langsam seinen Rockkragen um und deutete auf das Abzeichen. Es war ein großes goldenes Fragezeichen auf blauem Schilde:

„Ich bin Schriftführer des Rätselklubs."

Diese Aufklärung mochte den Richter verletzt haben. Etwas Kaltes und Tückisches kam in seinen Wortklang:

„Sehr geheimnisvoll! Aber ich habe Sie nach Ihrem Beruf gefragt."

„Jawohl, Herr Oberlandesgerichtsrat! Ich liefere den Zeitungen Rätsel."

Doktor Sebastian nahm einen Bleistift zur Hand und begann auf dem Löschblatt, das vor ihm lag, zu kritzeln und zu zeichnen.

„Also Rätsel! Kreuzworträtsel, Buchstabenrätsel, Charaden, Orakel in Vers und Prosa! Sehr gut! Ich verstehe! Aber sagen Sie mir, Herr Adler, sind diese Rätsellieferungen denn ein hinreichender Lebenserwerb?"

Adler zischte zuvorkommend:

„Unter Umständen, Herr Hofrat! Ich brauche sehr wenig. Außerdem arbeite ich auch in Schachaufgaben und Rösselsprung."

Sebastian betrachtete lange und eindringlich das Ornament, das er aufs Löschblatt gezeichnet hatte. Er begann es zu bereichern, zu verzieren und sah nicht auf:

„Sagen Sie mir jetzt eines! Sie verkehren recht häufig bei Prostituierten, nicht wahr?"

Adler zuckte die Achseln und machte eine Handbewegung, als wolle er sagen: ›Sehen Sie mich doch an! Was soll ich tun?‹

Der Richter drückte durch ein bereitwilliges Lächeln aus, daß alles verstehen, alles verzeihen heiße:

„Sie können mir ruhig diesbezüglich die Wahrheit sagen, Herr Adler! Wir sind Männer unter uns. Wir sind moderne und gebildete Menschen! Ich sehe keine Schande in diesen Dingen. Damit fertig werden muß jeder. Einer ist verheiratet, der andere ein Don Juan, der eine sinnlich, der andere temperamentlos, dieser ist mutig, jener schüchtern. Ich bitte Sie, offen zu reden!"

Dem Beschuldigten fiel das Geständnis nicht ganz so leicht wie dem Richter die Aufforderung. Nach einer Weile aber gab er zu:

„Ja! Hier und da besuche ich Prostituierte!"

„Bevorzugen Sie die Straßenmädchen oder feste Häuser?"

„Das ist mir ganz gleichgültig, Herr Hofrat!"

Sebastian sann darüber nach, wohin er mit der letzten Frage hatte zielen wollen. Es war ihm entfallen. Da fand er's noch einmal nötig, sich wegen des Gegenstandes seiner Neugier zu entschuldigen. Es müsse aber sein:

„Und wie ist es mit der Treue, Herr Adler? Gehen Sie längere Zeit zu ein und demselben Mädchen, oder wechseln Sie oft?"

Adler, der in diesen Worten eine Falle zu fürchten schien, gab eine ausweichende Antwort.

Sebastian sah noch immer nicht auf. Es gehörte ebenfalls zu seinen Prinzipien, beim ersten, zwanglosen Verhör den Gegner durch Blicke nicht zu verwirren, zumal wenn sich die Unterredung dem Lebenspunkte des Falles näherte:

„Sie müssen aber zugeben, Herr Adler, daß Sie mit der Feichtinger lange und gut bekannt waren!"

Adler zögerte keinen Augenblick:

„Ich bin ihr im ganzen dreimal begegnet. Zweimal davon in ihrer eigenen Wohnung."

Und mit einer traurigen Bewegung fügte er hinzu:

„Leider!"

Sebastian kritzelte noch immer:

„Verzeihen Sie die Frage, Herr Adler! Sie gehört nicht ganz, aber doch ein wenig zur Sache. Haben Sie niemals eine Frau, eine Geliebte, ich meine etwas Eigenes, etwas Anderes besessen als diese Damen?"

Adler schwieg.

Sebastian wollte schon seine Frage fallen lassen, als die Antwort kam:

„Nein! Ich habe niemals andere Frauen gehabt als diese Damen! – Warum auch?“

„Und wann – wenn ich bitten darf – hat diese – besondere – Leidenschaft für Prostituierte bei Ihnen begonnen?“

Die Stimme des Beschuldigten, dieser Tonfall vertrackter Würde, erhob sich etwas:

„Ich weiß nicht, ob das eine besondere Leidenschaft ist. Es hat sich in meinem Leben einfach so ergeben. Das erstemal, als ich noch Gymnasiast war ...“

In diesem Augenblick sagte Doktor Ernst Sebastian:

„Unmöglich!“

Er sagte dieses Wort aber nicht zum Beschuldigten, sondern zum Löschblatt auf seinem Tisch.

Zwei Worte standen auf diesem Löschblatt, die seine spielende kritzelnde Hand hingeschrieben hatte. Diese Worte bildeten nichts Überraschenderes als den Namen des Häftlings, doch standen sie in verkehrter Reihenfolge da:

Nicht Franz Adler – sondern Adler Franz!

In den altösterreichischen Schulen, Ämtern, Matrikeln, Wählerlisten pflegte man um der alphabetischen Ordnung willen den Rufnamen nachzustellen. Vielleicht wird dieser Brauch auch heute noch geübt. Sebastians Hand aber hatte sich einer *alten* Sitte erinnert, als sie hinschrieb: „Adler Franz“.

Der Untersuchungsrichter riß das Löschblatt aus der Mappe, zerknüllte es und warf es in den Korb. Dann bat er – die nervöse Unrast seiner Sprechart verstärkte sich – den Beschuldigten: „Erzählen Sie mir bitte doch ausführlich, wie Sie zur Bekanntschaft mit Klementine Feichtinger gekommen sind!“

Adler begann vorsichtig seine Geschichte aufzubauen. Nach jedem Satz machte er lange Pausen, als müsse er Schritt für Schritt den Boden seines Berichts prüfen, ob er auch tragfähig sei. Er suchte die Wirkung seiner Worte in den Zügen des Richters zu erkennen. Aber er sah nur Zeichen einer merkwürdig angespannten Zerstreutheit.

Sebastian hörte kein Wort der Erzählung.

Die Strahlen einer goldverdunkelten Abendsonne beschienen grell den Beschuldigten auf dem Verbrecherstuhl, wie es sich gebührte. Sie offenbarten die Schäden auf dem Gesichte dieses Dreiundvierzigjährigen, der einem alten Manne glich. Die Stirne, die Glatze mit ihren absonderlichen Buckeln und Mulden flammte in der roten Lichtflut, auch der Haarkranz, der Rundbart brannte.

Sebastian überlegte immer wieder dasselbe:

›Rote Haare! Natürlich rote Haare! Die Grundfarbe ist unverkennbar rostrot. Augenbrauen fehlen! Außerordentliche Kurzsichtigkeit! Was aber bedeutet das alles gegen ...‹

Und er staunte über das unerwartete Wort, das ihm ins Bewußtsein trat:

›Was bedeutet das gegen die Stichflamme? ...‹

Unvermittelt unterbrach er den Bericht des Verhörten:

„Sie heißen also Franz Adler?"

Adler sah erschrocken drein. Vorsicht! War das ein Schuß aus dem Hinterhalt? Er stammelte:

„Selbstverständlich, Herr Hofrat! Warum?"

Sebastian lachte ein wenig. Seine Hand fuhr zur Klingel und drückte den Taster nieder:

„Ich will Sie jetzt erlösen, lieber Herr Adler! Besten Dank! Für heute ist es genug. Montag morgens wollen wir mit frischen Kräften an die Sache herangehen. Wir haben den ganzen Sonntag Zeit, zu ruhen und nachzudenken. Ruhen Sie und denken Sie nach, Herr Adler! Danke!"

Und er reichte ihm die Hand hin, die der Untersuchungsgefangene mit der zerknirschten Unentschlossenheit des Erniedrigten nur schlaff ergriff. Er aber war noch nicht bei der Tür, als der Richter ihn noch einmal anrief:

„Adler!"

Sebastian hatte das erstemal „Adler" und nicht „Herr Adler" gesagt.

Der Angerufene zuckte zusammen und drehte sich nicht voll um:

„Befehlen Herr Hofrat?"

Sebastian beugte sich vor:

„Seit wann sind Sie hier in der Stadt?"

Adler überlegte in seiner mißtrauischen Art lange, ehe er erwiderte:

„Ich, Herr Hofrat? – Seit zwei Jahren schon."

„Vor zwei Jahren sind Sie also zurückgekehrt?"

Adler stand nun mit dem Gesicht zur Tür. Er wiederholte gleichmütig:

„Ja, vor zwei Jahren."

Sebastian aber hob zwei Finger der rechten Hand an seine Nasenwurzel und sah angestrengt zu Boden, als hätte er allzuviel und unerlaubt Wichtiges erfahren. Dann richtete er sich auf und legte den amtsüblichen Nachdruck in seinen Ton:

„Wenn Sie eine Beschwerde haben, Herr Adler, Sie wissen, ich bin die zuständige Stelle!"

Der Untersuchungsrichter lauschte an der Tür, bis der Schritt des Justizsoldaten und des Häftlings auf dem langen Gange verklungen war. Dann trat er zu seinem Schreibtisch und riß, einer verträumten Eingebung folgend, die vielen Schubladen auf. Eine schmutzige Unordnung, ein staubiges Durcheinander von amtlichen Restbeständen, von privaten Schriften und Korrespondenzen offenbarte sich. All das Papier atmete erstickende Wogen von Ekel und Hoffnungslosigkeit aus. Sebastian litt an der quälenden Eigenschaft, sich von Geschriebenem nicht trennen zu können. Es fiel ihm sehr schwer, einen alten Brief, eine Aufzeichnung, ja selbst einen erledigten Schriftsatz zu zerreißen. Er warf noch einen schnellen Blick in diese trübe Papierhölle, dann stieß er die Schubladen wieder zu. Nie würde dieser Wust gesichtet, aufgearbeitet, abgelegt werden.

Sebastians Hände waren ganz schwarz von jahrealtem Staub geworden. Er ging zum Waschtisch. Dort stand er eine Weile lang regungslos. Aber statt den Wasserhahn aufzudrehen, nahm er plötzlich seinen Hut vom Rechen und verließ, als halte er's hier nicht länger aus, mit ungewohnter Eile das Gerichtsgebäude.

Zweites Kapitel

Als Sebastian das separierte Zimmer des Adriakellers betrat, waren die meisten der zum Jubiläum entschlossenen Herren schon versammelt.

Ein Gruppenbild wanderte gerade von Hand zu Hand, das die stumpfe Pyramide einer symmetrisch aufgebauten Jünglingsversammlung darstellte. Die Titelschrift behauptete, daß diese in drei Schichten hockenden, sitzenden, stehenden jungen Leute die Abiturienten des Jahrgangs neunzehnhundertundzwei des kaiserlich-königlichen Staatsgymnasiums zu Sankt Nikolaus seien.

Alle Gestalten dieser gealterten Photographie hatten durch die Zeit etwas Lächerliches bekommen. Entweder wuchsen sie langstielig aus ihren Kleidern heraus oder sie waren in dem Übermaß der sie bergenden Anzüge sitzen geblieben wie gewisse Kuchen. Die verwegensten Kopfbedeckungen belebten die Reihen: Bäurische Hüte, Sportkappen, Marinemützen. Ein unternehmendes Köpfchen trug sogar einen steifen Paradehut, Melone oder Dohle genannt. Und fünfundzwanzig Jahre lang hatte sich der Fingereindruck auf dem Bild erhalten, der in jener verschollenen Stunde die Ebenmäßigkeit dieser Melone verunziert hatte.

Das Bild war gelb und befleckt. Dennoch schien auf dem vergilbten Glanzpapier jene Feuchtigkeit, jene Ahnung von schlechtem Teint wahrnehmbar geblieben, die für Knabengesichter so charakteristisch ist. Gewiß aber hätte kein gerichtlich-beeideter Sachverständiger den ihre eigene Jugend hier feiernden Herren die richtige Knabenphysiognomie zuzuteilen vermocht.

Sebastian mußte eine Weile lang suchen, ehe er den wildfremden Jungen fand, der er selber gewesen war. Er stand in der dritten Reihe, oberhalb des Klassenvorstands Professor Kio, der in der Mitte des Tableaus saß und mit soldatischem Ingrimm die Unterlippe kaute. Sebastian fand sich reichlich unsympathisch, die schiefe Haltung des Kopfes, die deutliche Blässe der Wangen, die allzu spitze Nase, dies alles bereitete ihm Unbehagen. Wie gut, daß wir älter werden, daß ein allstündlicher Tod unsere Züge immer wieder verlöscht! Man sollte sich niemals photographieren lassen.

Sebastian wollte eben die Erscheinung eines andern Knaben auf dem Bilde erforschen, als es ihm aus der Hand genommen wurde.

Professor Burda begrüßte ihn mit Begeisterung. Sein sanftmütiges Gesicht strahlte. Er lief eilig von einem zum andern. Man sah ihm die Wiedersehensfreude an. Er mochte der Einzige hier sein, der keine Stacheln und Reserven in sich verhielt. Zudem war er auch der Einzige, der Frack trug, den ein wenig schlotternden Frack einer reinen Seele. Wie der aufgeregte Veranstalter eines weiträumigen Festes wirkte er, der sich anschickt, den Einzugsfanfaren das Signal zu geben. Und es waren von den siebenundzwanzig Eleven des Jahrgangs doch nur fünfzehn erschienen. Drei hatten sich der Einladung entzogen, drei waren unauffindbar und sechs durch Tod verhindert.

Burda teilte diese Abgangsstatistik der Versammlung sogleich mit.

Schulhof, Schauspieler und Oberregisseur eines großen deutschen Stadttheaters, meinte daraufhin zu Sebastian:

„Immer noch mehr als genug!"

Und während er mit belustigten Augen auf Burda hinwies, drehte er den alten Spruch um:

„Non vitae, sed scholae discimus."

Sebastian schüttelte viele Hände und schaltete immer wieder das Licht freundlichen Wiedererkennens in seinen Augen ein. Die meisten erkannte er auch ohne Schwierigkeiten wieder.

Ressl hatte seine angenehme Sphäre von Wohlernährtheit und Luxus behalten. Auch Faltin war ziemlich unverändert geblieben. Seine weichen runden Schwarzaugen weideten unruhig den Raum ab und suchten Gelegenheit, Neuigkeiten zu erfahren oder zu verkünden.

Da trat Sebastian ein hagerer Mann an, der ihm fest in die Augen sah und eine knochige Hand hinhielt. Der Landesgerichtsrat setzte das zuvorkommend gestörte Gesicht auf, das er im dienstlichen Leben zu verwenden pflegte. Zugleich aber ärgerte er sich über dieses Gesicht, denn er wußte, wer dieser Mann war. Der Knochige sagte:

„Komarek! Ich bin Komarek! Erkennen Sie mich nicht?"

„Aber natürlich erkenne ich dich, Komarek!"

Sebastian legte vertraulich wie ein Älterer oder wie ein Vorgesetzter die Hand auf Komareks Schulter. Eine durchaus falsche, eine erlogene Geste, fühlte er. Die Qual dieses Abends begann. Komarek zog sich zurück.

Mit einer verbissenen Unruhe, der er nicht Herr werden konnte, wartete Sebastian, welchen Platz ihm Burda anweisen würde. Es war für ihn eine Erleichterung, als er gebeten wurde, zur rechten Hand des erwarteten Ehrengastes zu sitzen. Sebastian blickte umher. Ihm gegenüber, als nächster im Range, saß Karl Schulhof, oder Karlkurt Schulhof, wie er sich neuerdings nannte, der Künstler, der Schauspieler, der Oberregisseur. Sebastian verspürte eine sarkastische Regung, als er den glänzenden Scheitel und das scharf linierte Schauspielergesicht betrachtete: Überragende Geister hat die Creszenz Neunzehnhundertundzwei zu Sankt Nikolaus nicht hervorgebracht.

Unzweifelhaft parierte Schulhof diese Regung seines Gegenübers mit ähnlichen Erkenntnissen.

Die Gesellschaft wies deutlich zwei Parteien auf.

Den weitaus größeren Teil des Tisches hielt die zweite Partei besetzt. Es waren dies die Zukurzgekommenen, das Kanonenfutter eines knappen und hoffnungslosen Auskommens. Matte, graue Gesichter, in welche eine erfrorene Bitterkeit eingemauert war. Menschen, die weder zu schlafen noch zu wachen schienen, Fixangestellte des Nichts auf unfrohem Ausgang.

Tragisch zu nennen war es, daß auch Fischer Robert, der Hochbegabte, unter diesen Schatten des alltäglichen Hades hockte. Nie hatte es eine Frage gegeben, die Fischer Robert nicht gebändigt hätte, keinen Aorist, dem er nicht gewachsen war. Nicht einmal in der frühesten Pennälerzeit konnte es ihm je zustoßen, ›ut‹ mit dem ›Indikativ‹ zu konstruieren. Sebastian hatte in seinen Reden zwar stets die Vorzugsschüler im Allgemeinen und den Primus Fischer im Besonderen verächtlich gemacht, aber in der Tiefe seines Herzens brannte dennoch sehr oft Bewunderung für Fischers Fassungskraft, Geistesschärfe und Aufmerksamkeit.

Nun saß der Heros, der einst allen Lehrern die Schulheftpakete nach Hause tragen durfte, am unbesonnteren Ende der Tafel und unterhielt sich über den neuen Fahrpreistarif der Straßenbahn und über die Baupolitik der Gemeinde, denn er war Beamter des Magistrats. Er unterhielt sich mit Komarek, dem Auswurf, dem schlechtesten Schüler des Jahrgangs. War es Unachtsamkeit oder ein ironischer Geistesblitz Burdas, daß sie nebeneinander saßen?

Nicht nur das Leben, auch die Sitzordnung hatte die beiden Spitzenleistungen der Klasse, die positive und die negative, einander angeglichen.

Immerhin, Komarek war noch nicht ganz erstorben, etwas von seiner funkelnden Gedrücktheit, von seinem ›catilinarischen Feuer‹ war am Leben geblieben.

Als ein Heilloser und Armer hatte er schon in frühester Jugend erkannt, daß Gott in seiner unermeßlichen Unberechenbarkeit zwei Parteien der Menschheit geschaffen habe, die Glücklichen und die Unglücklichen, von denen er es aber nur mit der ersteren hielt. Zu den Glücklichen gehörten vorzüglich die Reichen, aber nicht nur die Reichen. Was diese jedoch anbetrifft, so äußerte sich ihr Reichtum nicht allein in dem Aufwand, den sie trieben, sondern mehr noch in der unbewußten Fröhlichkeit, mit der sie ihn trieben. Nicht nur die köstliche Tatsache der schmackhaft belegten Frühstücksbrötchen war maßgebend für das unerforschliche Wesen der Welt, die wohlüberlegt-sorgfältige Verpackung, die zärtlichen Hüllen von Öl- und Seidenpapier waren in Komareks Augen fast noch bedeutsamer. Überhaupt, wer könnte die tausend heimlichen Zeichen des Reichtums ermessen? Der runde rosige Schnitt der Fingernägel! Der milchige Glanz der Haut, der von geräumigen Zimmern, kultivierter Nahrung, reichlichen Bädern, unverbindlichen Gesprächen, gesichertem Zukunftsgefühl und weichem Schlaf herrührte! Das Unnachahmliche der Kleidung, selbst wenn sie vernachlässigt war! (Wenn ein Prolet hingegen einen feinen Anzug trug, wirkte er doppelt unmöglich, schämte sich und hatte Angst, in Verdacht zu kommen.) Die Art sich zu erheben ferner, wenn die Prüfungsfrage einen dieser Auserwählten traf! Eine hochfahrende und gesicherte Art sich zu erheben, wobei auch der Lehrer einen unerwünschten Beiklang von voraussetzungserfülltem Wohlwollen nicht aus der Stimme bannen konnte, selbst wenn er im gleichen Augenblick sich an dem Lebensglanze des Prüflings zu rächen dachte.

Nach Komareks Erfahrung war auf der Skala des Glücks dem Reichtum der angesehene Name benachbart.

Der Klassenvorstand rief zum Beispiel Ernst Sebastian auf. Sebastian wußte kein Wort. Da schlug Professor Kio – und er war doch ein Gerechter unter Ungerechten – die Hände über dem Kopf zusammen:

„Was würde Seine Exzellenz, Ihr Herr Vater, der Präsident des Obersten Gerichtshofes, dazu sagen, daß sein Sohn keine Ahnung von einem hypothetischen Konditionalsatz hat?“

Welch eine Verbeugung lag noch in diesem Tadel!

In mancher Beziehung übertraf ein großer Name sogar noch das Glück des Reichtums. Ein reicher Tunichtgut wurde ohne weiteres aufgefordert, ›seinen Vater in die Sprechstunde zu schicken‹. Das Professorenkollegium hatte geradezu eine Vorliebe dafür, wohlhabende Eltern den Canossagang antreten zu lassen. Wer aber hätte es gewagt, Seine Exzellenz Hofrat Sebastian Ritter von Portorosso ins Konferenzzimmer zu bestellen?

Von den Vätern der andern Partei hingegen, die Gott geschaffen hatte, von Komareks Vater, war niemals die Rede gewesen. Die Lehrer hatten es aus einem unergründlichen Schamgefühl vermieden, davon Notiz zu nehmen, daß auch hinter Komarek eine Familie stand, um das gefährdete Schicksal des Knaben bangend.

Ein einziges Mal nur, als ihm das ›consilium abeundi‹ drohte, hatte der Direktor (fast widerwillig) gewünscht:

„Ich möchte jemanden von Ihren Angehörigen sprechen, Komarek!“

Zu alledem aber kam, daß Komarek gezwungen war, die Schwierigkeiten seines Loses vor den Mitschülern geheim zu halten. Wenn die Glocke des Pedellen läutete und die Knaben mit frischgewaschenen Fingern ihre Bücher aufschlugen,hatte er schon stundenlange Arbeit hinter sich. Denn ihm oblag es, seine jüngeren Geschwister anzukleiden, das Frühstück für die Familie zu bereiten und, da die Eltern ihrem Verdienste nachgingen, auch die Wohnung aufzuräumen.

Mit Reichtum und Namen aber waren die Finessen des Glücks noch lange nicht erschöpft. Gott hatte nicht nur das Geld auf unbegreifliche Weise verteilt, sondern auch das Gedächtnis. Komarek August konnte soviel büffeln, stucken, ochsen als er mochte, er merkte sich, er verstand kaum einen Bruchteil des Lehrstoffs. Fischer Robert hingegen, der aus nicht viel besseren Verhältnissen stammte als er, erfaßte den Binomischen Satz beim ersten Hören.

Zu den ungleichmäßig verschwendeten Glücksgütern mußte ferner jene Erscheinung gerechnet werden, die man gemeiniglich Charakter nennt: die klare Unberührbarkeit und Unbeugsamkeit der Person, die um sich einen Raum von Respekt verbreitet. Doch nicht nur Charakter, auch Charakterlosigkeit war ein Geschenk an die Glücklichen. Man mußte schon in Gottes besonderer Gunst stehen, um im Trommelfeuer der Erniedrigungen freundlich grinsen zu können und sich alltäglich selber ins Gesicht zu spucken.

Bereits mit dreizehn Jahren besaß Komarek die Erkenntnis all dieser Gnaden, weil er die Gnaden selber nicht besaß. Zwangsläufig ward er so zum Luzifer der letzten Bank. Ein düsterer Glanz von Rebellion schwebte um sein Haupt. Ein zähneknirschendes Duldertum lag in seinem Schweigen, wenn er auf eine Lehrerfrage nicht Bescheid wußte. Es sah dann fast so aus, als wisse er die Antwort wohl, verweigere sie aber aus Trotz. Manche Lehrer fürchteten sich heimlich vor ihm und vor seinen alten, entlarvenden Augen. Schweigend ertrug er Niederlagen, Hohn und bissige Bemerkungen. Ein paar Male aber, als das Maß überlief, war Komarek aufgesprungen, hatte getobt und unflätige Worte ins Klassenzimmer geschleudert. Mit auffälligem Eifer war man dann bemüht gewesen, ihn zu beruhigen und die peinliche Szene zu vertuschen. Ein Wunder, daß er sich unter solchen Bedingungen bis zur Matura durchkämpfen konnte.

Diejenigen der Herren aber, die erwartet hatten, heute in Komarek einen radikalen Politiker, einen Bolschewiken zu finden, waren auf dem Holzwege. Der Schulrebell hatte sich zwar mit der Weltordnung nicht abgefunden, aber er schien ihr auf halbem Wege entgegengekommen zu sein, sehr verstaubt, sehr müde und recht gleichgültig. Er trug am hageren Körper einen langen Gehrock und eine schwarze Krawatte dazu, als wäre er in Trauer.

Sebastian formulierte für sich:

›Er sieht aus wie ein sozialdemokratischer Vertrauensmann der Beamtenschaft jenes Unternehmens, in dem er es bis zur Würde eines Prokuristen gebracht hat.‹

Hier aber in dieser Runde schien Komareks bitterer Blick, der Abwehr herausforderte und Demütigung hervorkitzelte, wiedererwacht, dieser schwarze Proletenblick, der allen Glücklichen zurief: ›Ihr könnt mich zwar schlagen und demütigen, aber ich durchschaue das Ganze.‹

Sebastian wenigstens hatte diesen Eindruck, so oft er Komareks Auge kreuzte. Die Blickbegegnung war ihm widerwärtig, wenn er auch sich selbst dabei mit der routiniertesten richterlichen Undurchdringlichkeit zu wappnen wußte.

Zur Linken Sebastians, in der Sphäre der Glücklichen, saß Ressl, der Genießer, der reiche Mann.

Schon als Knabe hatte dieser Wohlgenährte behauptet, er könne die Jahrgänge der kostbaren Weine unterscheidend erschmecken und einige Dutzend Austern auf einem Sitz vertilgen. Er betrat das Schulzimmer niemals anders als mit gelben Wildlederhandschuhen, die er langsam abzustreifen pflegte. Die verborgensten Quellen erlesener Primeurs waren ihm, wenn man seinem

Worte trauen durfte, geläufig. Nur in Uranoffs Keller durfte man vormittags Kaviar und Portwein genießen, nur in Belcredis Extrastube gegen Abend einen starken Trunk zu sich nehmen: Whisky, Gin, Absinth. Seidenwäsche, Krawatten, Handschuhe galten nur als vollwertig, wenn sie von Balbeck & Batka bezogen wurden. Wer Briefpapier gebrauchte, und es war nicht Englisch Bütten mit dem Dreikronenwasserzeichen, der stellte ein bedauernswertes Kulturwesen dar. Mochten amerikanische Fabriken den Markt auch immer mit trittfestem und wohlgebildetem Schuhwerk überschwemmen, ein Kavalier trug nur nach Maß angefertigte Schuhe, die der allgemeinen Mode entgegen einen persönlichen Charakter wahren durften. Denn die Fußbekleidung hatte das Recht, die Unabhängigkeit und Empfindlichkeit ihres Trägers zu offenbaren.

Die Maximen und Vorschriften, mit denen Ressl seine Mitschüler in Schrecken versetzt hatte, waren Legion.

Obgleich er die Mode angab, konnte man ihn weniger einen Elegant als einen Genußmenschen nennen, denn der Eleganz stand eine üppige Körperlichkeit im Wege. Allmorgendlich bekämpfte ein schwedischer Masseur auf Befehl von Ressls Vater die Korpulenz dieses gesegneten Sohnes. Verstiegene Geister behaupteten sogar, daß Ressl senior, der große Textilfabrikant, Fritzens Gesundheit zuliebe, ihm wöchentlich einmal eine Mätresse gedungen habe. Diese Sage war aber ebenso boshaft wie überflüssig.

Fritz Ressl, nun selber Herr der väterlichen Firma, hatte seine Korpulenz keineswegs verloren, dafür aber seine weichen blonden Haare. Er sah gutmütig und leicht geniert Burdas Veranstaltung ins Auge. Das kleinbürgerliche Lokal erfüllte ihn sichtlich mit Widerständen. Es schien, als habe er nur ungern die Handschuhe abgelegt und fühle eine leichte Scheu, Tisch, Stuhl und Besteck zu berühren. Immer wieder sah er, um Einverständnis werbend, zu Sebastian hin. Doch konnte er keine rechte Gesprächsbrücke zu dem Schweigsamen finden. Dieser bewahrte eine steife Haltung, die von Minute zu Minute ablehnender wurde.

Durch die sonderbare Rückverwandlung stellten sich für die kurzen Stunden dieser Zusammenkunft die alten Beziehungen der Klassengemeinschaft wieder her. Ressl hatte immer einen großen Respekt vor Sebastians Namen, vor Rang und Würde seines Vaters gefühlt.

So unsinnig es war, nach fünfundzwanzig Jahren, jetzt, da sich die Welt durch Krieg und Revolution um- und umgestaltet hatte, bedrückte ihn dieser lächerliche Respekt wieder, und mehr vielleicht noch als damals. Er, Ressl, war Großindustrieller, Herr über Konzerne und Bankunternehmungen, einer der reichsten Männer des Landes, und dennoch,die Nähe dieses schlechtbesoldeten Staatsbeamten bedrückte ihn.

Die alten Wertungen waren nicht gänzlich abzutöten. Ein Minister, ein Diplomat, ein Würdenträger, was bedeutete das heute? Hundertmal pflegte Ressl den Satz auszusprechen, daß er ›als Mann der Wirtschaft im Leben stehe‹, während ein Politiker, ein Staatsfunktionär, ein Richter nicht im Leben stehe. Aber was half das? Im Leben zu stehen schien doch nicht als Wert aller Werte zu gelten! Denn Ressl war jetzt eifrig bestrebt, ein Gespräch mit Sebastian in Gang zu bringen, obgleich er selber ein Mann der Wirtschaft war und jener nicht im Leben stand.

Im Übrigen wußte Ressl genau, daß die Umwälzung jene höheren Kreise, die man ›Gesellschaft‹ nannte, nicht vernichtet, sondern nur verarmt, aber dadurch noch unzugänglicher und hochmütiger gemacht hatte. Wie man hörte, spielte Sebastian in diesen Kreisen eine geachtete Rolle. Wenn Ressl erlauchte Herrschaften zu den Empfängen in sein Palais lud, so leistete man der Einladung gerne Folge, trank ausgiebig vom Sekt des Hausherrn, betrug sich freundlich-nonchalant, war aber gar nicht sehr beeilt, die Gastgeber im eigenen Hause wiederzusehen. ›Du bist wohl ein Snob geworden‹, dachte der Fabrikant, während er aufmerksam und zu jeder Anerkennung bereit seinen stillen Nachbarn anlächelte.

Faltin hingegen, der Advokat, schräg gegenüber, bestürmte Sebastian unbekümmert mit allen möglichen Ereignissen und Neuigkeiten, so, als sähe er ihn nicht nach langen Jahrzehnten das erstemal wieder, sondern setzte eine kurz vorher abgebrochene Unterhaltung fort. Personennamen, Daten, Summen stürzten sich von seinen breiten ungeformten Lippen kopfüber ins Ungewisse. Faltin, der Allgegenwärtige, war sich treu geblieben. Er überströmte von Informationen auf allen Gebieten des menschlichen Lebens. Diese Informationen waren nicht ganz so zuverlässig, wie sie leidenschaftlich vorgebracht wurden. Kam es denn auf Wahrheit an, wenn unstillbare Sucht einen antrieb, Freunde und Bekannte vom wilden Getümmel des Daseins in Kenntnis zu setzen?

Faltin bemühte sich redlich, immerdar Zeuge zu sein, aber ein Mensch, auch der teilnehmendste, ist nur ein Mensch. So mochte es vorkommen, daß sogar Faltin im Laufe eines seiner sprudelnden Berichte nicht mehr wußte, was er seinem Partner Neues mitteilen könnte. In solchen Minuten trostloser Ausgeleertheit sagte er dann plötzlich:

„Hören Sie! Als ich neulich durch den Stadtpark ging, kam mir der Opernsänger Arimondi entgegen ...“

Worauf der andere erstaunt erwidert:
„Aber Faltin, das ist unmöglich! Arimondi ist ja schon jahrelang tot."
Faltin aber blickt dem Entlarver nicht allzu erstaunt ins Gesicht und nickt nur:
„So!? Er hat auch wirklich miserabel ausgesehen!"
Solche Geschichten bewiesen zur Genüge, daß der gute Faltin kein Lügner war, sondern nur von liebreichem Diensteifer brannte, den Menschen anregende Begebenheiten zu erzählen.
Gott weiß, welch anregenden Vorgang er der Tischrunde gerade zum Besten geben wollte, als Karlkurt Schulhofs, des Oberregisseurs, eindringliches und geschultes Organ die Unterhaltung an sich riß.
Schulhof, der Künstler, der die Welt und die Größen der Welt kannte, fühlte sich am weitesten über seine ehemaligen Kameraden emporgewachsen. Er trug die Miene geduldiger Überlegenheit und gutmütiger Hinneigung zur Schau, wie sie Erwachsene gegen Kinder annehmen. Dabei hatte er es Burda verschwiegen, daß er eigens wegen der heutigen Veranstaltung seine Reise unterbrochen hatte, die ihn zu Filmaufnahmen nach Italien führte. Er gab vor, auch hier wegen vielfältiger Pläne und Geschäfte vierundzwanzig Stunden verbringen zu müssen. Sich selber gestand er niemals ein, daß er bei allen Erfolgen, die er in der Welt errang, insgeheim immer die Wirkung auf seine alten Schulfreunde, auf die Stadt, in der er groß geworden, in Betracht zog, obgleich er diese Stadt und diese Leute geringzuschätzen meinte.
Heute aber und hier mußte er erkennen, daß seine Taten und sein Ruhm diese mittelmäßige Gesellschaft von Kaufleuten, Staats-, Bank- und Privatangestellten durchaus nicht aus dem Gleichgewicht gebracht hatten, daß sich seine Erfolge in einem Reich abspielten, das diesen Bürgern meilenfern lag. Es war zweifelhaft, ob einer der Anwesenden seine Aufsatzreihe ›Prinzipien einer neuen Bewegungsregie‹ oder ›Die Bühne als Raumkunstwerk‹ gelesen hatte. Von seinen im Angesichte Deutschlands errungenen Siegen, von der epochalen Gestaltung ›Leonce und Lenas‹ zu Lauchstädt dürfte wohl keiner ein Sterbenswörtchen erfahren haben. Sicherlich durchackerten diese Leute mit fleißig gerunzelter Stirne alltäglich den Leitartikel, den Handelsteil und die Schwurgerichtsecke ihrer Leibzeitung, die Theater- und Kunstnachrichten aber überschlugen sie ahnungslos.
Einst, in ihrer Jugend, da hatten einige von ihnen Gedichte und Dramen verfaßt, lange Nächte mit philosophischen Gesprächen totgeschlagen und eine große Zukunft erhofft. Er, Schulhof, war damals im Schatten eines Sebastian gestanden. Doch wenn man diesen Herrn Sebastian heute in Augenschein

nahm, was war von all der Herrlichkeit zurückgeblieben? Ein eingebildeter Jurist mit verkniffenen Lippen wie hundert andere! Die Zeit allein bringt das wahre Talent zur Reife. Und Schulhof war, wie er befriedigt feststellen durfte, das einzige Talent des Jahrgangs.

So hoch hatte er sich über das Niveau der Mitschüler erhoben, daß er gar nicht über die Feinheiten seiner Kunst mit ihnen sprechen konnte, sondern, wider seinen guten Geschmack, sich mit den populärsten Mitteln der Mehrheit zu Gemüte führen mußte.

Er erzählte also laut, damit ihn auch die auflauschende Gruppe von Festangestellten am unteren Tischende höre, wie er des öfteren vom Reichspräsidenten in ein leutseliges Gespräch gezogen worden sei und als einer der besten Freunde des theaterliebenden Exkönigs von Bulgarien im Schlosse zu Koburg alljährlich mehrmals logiere. In aller Bescheidenheit – Sebastians Zuhören machte ihn unsicher – verriet er, daß niemand anderer als er vom Botschafter in Paris aufgefordert sei, an der Seite einer Weltberühmtheit die Verständigungsfestspiele zu leiten. Worauf er aber den höchsten Wert zu legen schien, war die vertraute, ja väterliche Beziehung, die er mit den größten Bühnenkünstlern der Zeit unterhielt. War solch ein prominenter Stern in eine künstlerische Bedrängnis geraten, so kam er – es blieb ihm nichts anderes übrig – zu Karlkurt Schulhof, sich Rat zu holen. Und Schulhof wußte Rat. „Max", sagte er dann zu dem Gewaltigen, vor dem die Direktoren zitterten, „Max, du bist ein großer Kerl, aber den Text darfst du nicht verdrehen. Darin steckt Eitelkeit! Den Dienst am Kunstwerk sollen wir alle nicht vergessen, Max, wenn es auch nur ein Schmarren ist!"

Schulhof war eben dabei, seine reine Kunstgesinnung ins rechte Licht zu rücken, als ein Ruck durch die Versammlung ging und die Herren, wahrhaftig wie eine Schulklasse, sich mit scharrendem Lärm und im Takt erhoben.

Von Alter und Siechtum gebeugt war das Männchen, das von einem aufgetakelten Dienstboten jetzt durch die Tür des Extrazimmers geschoben und den Armen Burdas anvertraut ward.

Regierungsrat Professor Wojwode (Geographie und Geschichte), ein Veteran, ein Überlebender des Lehrkörpers, der die hier jubilierende Generation durch die vorschriftsmäßigen Wissenschaften geleitet hatte.

Halbblind und schüchtern lächelte der Greis die vielen fremden Gesichter an, diese geätzten und unfrohen Gesichter von Vierzigjährigen, auf welche die schon abgenützte Stoffwechsel- und Blutumlaufmaschine ihre ersten Mahnsignale zu schreiben begann. Ein anderes Zeichen aber war auf Wojwodes Gesicht geschrieben, auf das graue und verwischte Blatt. – Denn dieses unterwürfige Lächeln, welches alle Lebenden um Verzeihung zu bitten schien, daß es noch „Ich" sagte, die schweratmig schlaftrunkene Kinderfrage, die das herabhängende Kinn wehmütig stellte, all dies mußte als unwiderrufliches, als hippokratisches Zeichen gelten.

Wenige Monate, wenige Wochen später, und es wäre zweifelhaft gewesen, ob der Geographie- und Geschichtslehrer Wojwode noch hätte unter seinen Schülern weilen können.

Beim Eintritt des Alten aber war mit diesen Schülern eine merkliche Veränderung vorgegangen, sie waren nämlich über ein Vierteljahrhundert hinweg wirklich wieder Schüler geworden. Dies zeigte sich in geschwätziger Unruhe, in der vordringlichen Verlegenheit, die sie erfaßt hatte, in der Art, wie sich jeder dem Regierungsrat in Kenntnis zu bringen trachtete, und schließlich darin, daß sie den alten Lehrer wie einst nur in der dritten Person anredeten.

Wojwode mußte viele Hände ausführlich schütteln.

Betäubt von so viel lauten und kräftigen Menschen, stammelte er mit versagender Stimme freundliche Worte.

Zehntausend Schüler waren während seiner fünfzig Dienstjahre an ihm vorübergezogen, nein, als eine unruhig bewegte Horde, schwätzend, schwindelnd, spielend, störend vor seinen Augen in grünen Bankreihen gesessen.

Acht Jahre und immer wieder acht Jahre!

Für Kinder sind acht Jahre eine Ewigkeit.

Acht Jahre, was sind sie für einen alten Berufsmenschen?

Acht Jahre immer dasselbe: Andrés Schulatlas, grünbraun die geographischen, farbenbunt die politischen Landkarten! Acht Jahre und immer wieder acht Jahre! Die nördlichen Kalkalpen, die Uralpen! Gneis, Granit und Glimmerschiefer! Die Schlacht bei Cannä! Der Westfälische Friede! Der Investiturstreit! Der spanische Erbfolgekrieg ... Grüne, unruhige Bankreihen! ... Ein Gewirre von vielen tintenbefleckten, ungezogenen Bubenhänden! Im Hof unten spielt ein Leierkasten das Sextett aus Lucia ... Acht Jahre ...

Kindergesichter hätte er vielleicht wiedererkannt, aber diese wildfremden, überströmend lauten Herren?! Gott, Gott! Wenn er es nur wird aushalten können! Der Raum beginnt zu schwanken. Vielleicht hatte seine Wirtschafterin recht gehabt, als sie ihm diesen Ausgang nicht erlauben wollte. Wojwode lächelte unterwürfig und flüsterte immer wieder:

„Freu mich, freu mich sehr, meine Herren!"

Endlich – es war höchste Zeit – geleitete Burda den erschöpften Alten zu seinem Ehrenplatz.

Da saß er nun, erleichtert, obwohl alle Augen auf ihn gerichtet waren: Fischers, des Primus Augen, die sich, plötzlich selbstbewußt geworden, zum Worte zu melden schienen, Komareks bohrende Vorwurfsaugen und Sebastians zuwartender Blick.

Faltin brachte schnell etwas an:

„Verehrter Herr Regierungsrat! Ich bin gestern am Hause des Herrn Regierungsrat vorübergegangen, da habe ich eine Dame gesehn; ich nehme an, die Frau Tochter ..."

Faltin hatte einen schlechten Griff getan. Der Alte verzog wehleidig den Mund und wehrte ab:

„Meine Tochter ist seit zwanzig Jahren verheiratet. Ich weiß gar nicht, wo sie jetzt lebt. Nein, nein ... Im Gegenteil. Ich bewohne mein Quartier Gott sei Dank allein."

Faltin zog sich betreten zurück.

Schulhof aber brachte nun seine Persönlichkeit zur Geltung: „Herr Professor sehen erstaunlich jung aus. Brillant geradezu! Wirklich unverändert ..."

Wojwode erschrak:

„Zu gütig, meine Herren! Entspricht leider nicht der Wahrheit. Alten Menschen geht es derzeit nicht gut. Und uns alten ausgedienten Lehrern gar! Du guter Gott! ... Fragen Sie doch den Herrn Kollegen Burda! Er kümmert sich in seiner Herzensgüte um uns verlassene Invaliden. Ja, ja! Er ist der Einzige ..."

Schulhof zeigte nachsichtige Begeisterung:

„Ich weiß, was ich sage, Herr Regierungsrat. Wir werden – ich gebe Ihnen mein Wort darauf – noch das nächste Jubiläum gemeinsam feiern. Wie ich Sie hier vor mir sehe, erinnere ich mich wieder an hundert Einzelheiten der alten Zeit. Ich habe nichts vergessen. Und das heißt etwas bei meinem Beruf, der mich in Europa und Amerika täglich mit hundert Menschen zusammenbringt, und ich darf sagen, mit den interessantesten und verschiedenartigsten Menschen!"

Ach, wie freundlich war doch dieser wohlgekleidete und bewegliche Herr, der es im Leben gewiß zu einer hohen Stellung gebracht hatte! Der Alte strengte sich an, irgend einen Anhaltspunkt zu finden. Gerne hätte er gute Worte mit guten Worten erwidert. Nichts fiel ihm ein. Aber Schulhofs Scheitel, Sprachglätte, Gesichtsschnitt erweckten Vorstellungen, die er jetzt nur ziellos in Worte kleiden konnte, in eine jener Professorenwendungen, wie er sie hundertmal gebraucht hatte:

„Jawohl, viele sind berufen und wenige auserwählt! Ich habe es immer gesagt: Nicht jeder ist ein Makart, der denGriffel führt. Aber dann und wann darf man freudige Überraschungen erleben."

„Ich bin beim Theater", stellte Schulhof fest und nannte seinen Namen.

Nun aber hatte sich Burda erhoben.

Es war keine witzige Rede, die er hielt, kein welker Kneipzeitungsspaß, wie er bei solchen Gelegenheiten üblich ist. Die Augen des kleinen Pädagogen waren ganz schwer von dem Schicksal der Generation, die mit ihm aus dem Abgrund der Zeiten aufgetaucht war. Er fühlte wahrhaft brüderlich, als er die Kameraden begrüßte und dem uralten Ehrengast innig für sein Erscheinen dankte.

Ist sie denn etwas gar so Geringfügiges, diese Gemeinschaft, die acht lange Jahre, die längsten des Lebens, uns aneinanderkettet? Nur Wesen, die allein im Augenblick leben, nur Geschöpfe ohne Rechenschaft und Erinnerung, nur Hohlköpfe, Hohlherzen oder Frauen vermögen nicht zurückzukehren, können die sonderbarste Mannesrührung, den Blick auf die eigene Jugend nicht verstehen. Mannheit aber sei Kontinuität und Ethos Gedächtnis!

Burda hatte wirklich das Wort ›Ethos‹ gebraucht, wobei die Flamme stolzer Überzeugung und philosophischer Fortbildung in seine Wangen schlug.

Mit einer echten Schülergeste stützte er beim Reden die Hände auf den Tisch und schaukelte mit dem Oberkörper, während er sich den Toten der Klasse zuwandte.

Sechs von siebenundzwanzig, etwas weniger als ein Viertel also, hatten das Zeitliche zwar nicht gesegnet, aber auch nicht verflucht, denn als stumme und selbstverständliche Opfer des Weltkrieges waren sie dahingegangen mit den stummen Millionen. Diese Berechnung wich allerdings um ein Kleines von der mathematischen Genauigkeit ab, denn einer von den sechs Toten war nicht gefallen, sondern an Schwindsucht zugrundegegangen. Burda aber stand nicht an, da jener doch im Laufe des Krieges gestorben war, ihm aus Erbarmen und aus Klassenstolz die Ehre eines Heldentodes zuzubilligen.

Nun bekundete der Redner noch einmal, daß sechs andere Kameraden teils die Einladung nicht beantwortet hatten, teils nicht eingeladen werden konnten, weil sie verschollen waren. Um so erfreulicher aber, daß sich die stattliche Anzahl von fünfzehn Herren eingefunden hatte, von denen einige nicht einmal am Platze lebten.

„Da ist gleich unser Schulhof", fuhr Burda fort, „der große Künstler, der uns schon dazumal in den Zeiten des Lesezirkels durch seine genialen Gaben, durch seine täuschenden Lehrer- und Schauspielerkopien so oft erfreute. Nun hat er sich in der Welt Glanz und Ruhm erworben. Ich muß gestehen, daß ich manchmal im Kaffeehaus einen großen Stapel Zeitungen durchblätterte, nur um seinem Namen zu begegnen und auch mich ein bißchen in ihm zu sonnen."

Jeder von den Anwesenden wurde nun einzeln genannt und durch Erwähnung irgendeiner matten Sondereigenschaft ausgezeichnet, denn Burda, der Ethiker, wandte sich mit dürftiger Ironie dem scherzhaften Teil seiner Rede zu. Die Gesichter sahen beschämt und geschmeichelt drein.

Sebastian hörte noch eine Bemerkung über Ressls Palais und den amerikanischen Wagen des Jahrgangnabobs, dessen Staub Burda, als leidenschaftlicher Fußgänger, mit Wohlwollen zu schlucken vorgab – da ertrug er es nicht länger, da zog er krampfhaft alle Sinne in sich zurück, um nichts mehr hören zu müssen, um durch seinen eigenen Namen nicht erschreckt zu werden.

Es war ein absonderlicher Zustand, der Sebastian umklammert hielt. Gäbe es etwas wie seelische Atemnot, so käme die Bezeichnung diesem Zustand nahe. Das Grauen einer bodenlosen Fragwürdigkeit des Lebens (dies sind nur glatte nichtssagende Worte) überschauerte seine Haut. Hatte diese würgende Depression, dieser metaphysische Lufthunger eine körperliche Ursache? Meldete sich nun der Herzanfall, den er allnächtlich fürchtete, den er unerbittlich kommen sah? Ja! Etwas kam näher. Sebastian dachte mehrmals daran, aufzustehen, sich mit plötzlichem Unwohlsein zu entschuldigen, davonzulaufen. Er fand die Kraft nicht dazu.

So saß er denn in einem Hohlraum von hallender Öde, verpfuschte Worte, verpfuschte Schatten ringsumher. Auf diesem, auf jenem Männergesicht war noch eine kleine Spur von Kindlichkeit, von Milchundblut nicht weggelebt. Diese Spuren verschärften das Grauen. Millionen Atemzüge, tausendmal Schlafengehen, tausendmal Erwachen, damit man eine mittelmäßige Laufbahn zurücklegt und bestenfalls bei Banketten einen würdigen Platz erhält. (Noch ist ein ganz kleiner Fleck des Gesichtes von Sonne bestrahlt.)

Gibt es keine Möglichkeit mehr, auszuspringen, aus dem Geleise zu brechen?

Ist man mit vierzig Jahren schon zu alt, dem dumpfen Nebelreich dieser geschlagenen Generation zu entkommen, dem Ewig-Gestrigen, Ewig-Morgigen, Niemals-Heutigen, dem Falschen, Halben, Ohnmächtigen? Oh, all diese Gesichter! Schulhofs subalterne Eitelkeit, Faltins Schwätzertum, Ressls Schlaffheit, Burdas wichtigtuerische Einfalt, sein eignes hinterhältiges Wesen und das dumpfe Brüten der Namenlosen, alles unverwandelt!

War denn nicht ein einziger Mensch hier!?

Sebastian blieb sitzen und sprach kein Wort.

Dann aber erhob man die Hände zu einem mäßig leckeren Mahle.

Zwei mißgelaunte Kellner brachten die Bouillon, auf der reichlich Fettaugen und Schnittlauch schwammen. Eine bunte Salatvorspeise folgte, wie sie bei Hochzeiten in kleinen Beamtenkreisen beliebt ist. Der feste, in barbarische Trümmer zerlegte Braten lastete in ausgekühltem Saft. Ein brösliger Fruchtkuchen machte den Schluß. Dazu trank man Bier und einen säuerlichen Wein der Heimat.

Dieses Menü, auf dessen Entwurf Burda viele Mühe verwandt hatte, war dem ökonomischen Durchschnitt der Gesellschaft gut angepaßt. Jeder der Anwesenden hatte eine kleine Steuer entrichtet.

Zu Ehren Burdas aber sei verraten, daß er drei dieser Anteilscheine auf sich genommen hatte, damit die beiden Mitschüler, für die auch eine derartige Ausgabe ins Gewicht fiel, ›Schulgeldbefreiung‹ genössen.

Sie selber wußten es nicht und hielten Ressl für den Spender des Gastmahls.

Er, der Verwöhnte, aber stocherte unentschlossen höflich in den Speisen herum und bestellte heimlich beim Kellner etwas ›Leichtes‹. Da nichts von dem erreichbar war, was er wünschte, saß er dann vor einem Teller mit Apfelmus und entschuldigte seinen kranken Magen.

Sebastian aß gewissenhaft und langsam; Burda, in der Rolle eines zufriedenen Hausherrn, überwachte alles.

Der alte Geschichtsprofessor Wojwode bot ein ergreifendes Bild. Der Tod stand sichtbar hinter ihm, aber Wojwode zeigte einen ungeduldigen, für sein Alter seltenen Appetit wie ein gieriger Mann, der schnell abessen muß, um einem andern den Platz zu überlassen. Mit zitternder aber unbeirrbarer Hand führte er die Speisen zum Mund.

Vielleicht war es mehr als Appetit, was er zeigte, vielleicht war es Hunger. Zuletzt wählte er umsichtig unter den Früchten des Obstaufsatzes zwei Orangen aus, die er ohne jede Verschämtheit in seine altertümliche Rocktasche gleiten ließ.

Nach dem Braten endlich stellte sich jene angenehme Gleichgültigkeit, die gemütliche Stimmung ein, die selbst bei zweifelhaften Genüssen und in gemischter Gesellschaft nicht ausbleibt, wenn die Magennerven und das gekränkte Selbstgefühl durch die Verdauung betäubt sind.

Auch von Sebastians Schläfen begann der Druck zu weichen. Als der Likör gereicht wurde, war es schon so weit, daß Schulhof aufsprang und, seine Unterlippe martialisch nagend, zu Fischer, dem Primus und Magistratsbeamten, hinüberrief:

„Übersetzen Sie, Fischer Robert, so treu wie möglich, so frei wie nötig, ein Beispiel aus dem täglichen Leben: – Der Feldherr erobert die Stadt! –“

Und Fischer erhob sich, um dieses Beispiel gehorsam in Latein zu setzen. Es war schwer zu entscheiden, ob er damit nur auf den Scherz des Schauspielers einging oder sich wie das alte Zirkuspferd benahm, wenn es Blechmusik hört. Daraufhin aber wurden die gesetzten Herren von einem leuchtenden Entzücken befallen, und alle vereinte der vielbedeutende Name: ›Kio‹. Und er, der alte Klassenvorstand, dessen Tugend, Strenge, Milde, Komik nur die Eingeweihten hier verstanden, er, der Dämon, für dessen Beschwörungskult einzig die Schüler von Sankt Nikolaus zuständig waren, er, der böse und liebe Schatten, der mit ihnen über die Kindheit hinausgewachsen war, er schwebte nun über der Versammlung. Nein! Er ging in Schulhofs, in des Selbstverwandlers Gestalt ein.

Und Schulhof trug keinen schwarzglänzenden Scheitel mehr, sondern ein paar graue Härchen schienen sich auf seinem Kopf vor einem geheimnisvollen Luftzug zu sträuben. Nicht mehr sein glänzendes Gebiß zeigte sich, sondern ein gramvoll vorgebauter Oberkiefer. Den blaurasierten Wangen entflammte rechts und links ein meliertes Backenbärtchen. Kaum daß Schulhof noch einen Smoking trug, da seine Hüften sich unter dem Gefühl eines scharfgeschnittenen Gehrocks strafften und die Hand mit einer unsichtbaren Uhrkette spielte, an der – ewig unvergeßlich – eine Amethystberloque hing.

Und Kio ging düster von einem zum andern.

Er schritt, umwölkt, durch die unsichtbaren Bankreihen des Schulzimmers, das nun im Adriakeller hauste. Sein Körper, der den Feldzug in Bosnien reichdekoriert überstanden hatte, reckte sich hoch, und seine Stimme war ganz sie selbst:

„Vokabeln sind die Ziegelsteine einer Sprache. Wer keine Vokabeln lernt, ist ein schlechter Maurer. Die Grammatik aber ist der Mörtel einer Sprache. Und der Anfang aller Grammatik ist die Konjugation des Verbums, des Zeitwortes.“

Heftig aufstampfend blieb er stehn:

„Faltin! Schwätzen Sie nicht! Sie wissen natürlich wieder alles besser ...“

Neuer Rundgang:

„Nehmen Sie das Verbum ›mori‹ zur Hand und konjugieren Sie kurz und schlagartig!“ Faltin: „Ich wäre gestorben!“ – Fischer Robert: „Lasset uns doch gemeinsam sterben!“ – Ressl: „Oh würde ich doch gestorben sein!“ – „Natürlich, Seine Hochwohlgeboren, der Herr von Ressl, haben wieder einmal keine Ahnung, wie man utinam mit dem Conjunctivus Plusquamperfecti konstruiert. Erlaucht, der Herr Graf, haben sich gestern auf dem glänzenden Parkett einer höheren Geselligkeit bewegen müssen, anstatt sich vorzubereiten. Sagen Sie nichts, Ressl! Ich kenne Ihre glatten Ausflüchte, mit denen Sie mich nur verhöhnen wollen. Als alter Soldat wende ich mich von Ihnen ab ...“

Sein Blick fiel plötzlich auf einen Unglücklichen:

„Komarek!“

Pause:

„Stehn Sie auf, Komarek, wenn ich Sie anrufe! – Schlag auf Schlag, Komarek: ›Heil dir, Cäsar, die zu sterben im Begriffe sich Befindenden grüßen dich!‹“

Nichts:

„Ich warte, Komarek ... Ich warte noch immer, Komarek, aber ich bebe schon ... Sie kennen also nicht einmal diesen allergewöhnlichsten Ausspruch der allgemeinen Bildung, den, ganz zu schweigen von den Unterklassen, jeder Briefträger im Munde führt! ... Komarek, ich warne Sie zum letztenmal! Der ›dies ater‹ zieht sich über Ihrem Haupte zusammen, das Kataklysma naht, zwei Sternkörper stoßen im Raume zusammen, aber der Weltuntergang wird für Sie unangenehmer sein als für mich!“

Empörter Rundgang neuerdings:

„Gestern schon haben Sie in den einfachsten Realien versagt und die Haruspices nicht von den Auguren unterscheiden können ... Sie sind blaß, Komarek ... Ich weiß nicht, welchen Leidenschaften Sie frönen. Huldigen Sie, anstatt zu studieren, dem Billardspiel oder besuchen Sie etwa die Offenbachiaden der Vorstadttheater?! Wie dem auch immer sei, ich werde in bezug auf Sie einen invertierten Nebensatz anwenden: Komarek, wenn er es so weiter treiben sollte, wird demnächst wie Jugurtha den Staub Roms von seinen Füßen schütteln müssen!“

Unberührt vom Beifall der Gesellschaft, schritt Kio-Schulhof, die Unterlippe nagend, im Raume hin und her. In der Gestalt des Schauspielers hatte sich die unheimlichste Vereinigung vollzogen. Der Tote war restlos heraufbeschworen. Die andern aber genossen, zauberhaft zurückversetzt, die Gegenwart des Gestrengen.

Kio war die erste und einzige Persönlichkeit gewesen, die ihnen auf dem Katheder des Gymnasiums entgegengetreten, und so bewahrten sie ihm als Einzigem ein gutes und kräftiges Angedenken. Der cholerische Mann hatte ihnen Furcht eingeflößt, und doch spürten sie damals, wenn sein Donnerwort über die Bänke hinrollte, ein Etwas, das sie ruhig machte. Dieses Etwas, dessen sie so sicher waren, es hieß Liebe.

Furchtbarkeit und Liebe, um dieser zwei göttlichen Vatereigenschaften willen, hatten sie Kio vergottet. Die Lächerlichkeit aber, die von diesem Gott ausstrahlte, verkleinerte ihn keineswegs, sondern vergoldete nur seine stramme Gestalt.

Sie bildeten sich ein, ihr Kio sei ein wahres Original gewesen; dabei vergaßen sie, daß es, seitdem ein humanistisches Gymnasium bestand, immer Professoren gegeben hatte, die, vom furor grammaticalis besessen, ihre Rede so ausschweifend-seltsam formten, als wäre sie aus den klassischen Sprachen (so treu wie möglich, aber kaum so frei wie nötig) übersetzt. Jede Klasse, seit Jahrhunderten, dürfte ihren Kio besessen haben.

Dieser dort allerdings, der in des Schauspielers Gestalt grimmig einherschritt, war durch die Grammatik nicht eindeutig bestimmt. Hundertmal hatte er sein Herz und eine ganz bestimmte Art von feuriger Gerechtigkeit bewiesen, er, der Inbegriff des altösterreichischen Menschen und Beamten, der mit ihm ausgestorben zu sein schien. Heute waren sie sich dessen mit Wehmut bewußt, was sie in ihrer Schulzeit nur wirr empfunden hatten.

Ohne einem Volk, einer Klasse zu dienen oder auch nur anzugehören, war dieser Kio, dieser Altösterreicher, erfüllt von der hohen Würde einer überpersönlichen Hierarchie, die keinen völkischen Dünkel duldete. Immerdar zog er aus der Lektüre der vorschriftsmäßigen Schulklassiker ›Nutzanwendungen auf das tägliche Leben‹, aber dieses tägliche Leben setzte sich aus geheimnisvollen Begriffen zusammen, aus Rangklassen, Dienststufen, Titulaturgraden und Kompetenzgrenzen.

Der Staat spielte eine mystische, ja fast göttliche Rolle. Bei der Lektüre des Livius geschah, wenn im Texte das Wort ›sopor‹ auftauchte, regelmäßig dasselbe. Kio, dieses Wort erklärend, pflegte dann zu erzählen, daß in dem Gebirgsdorf, wo er zu Hause sei, die Bäuerinnen ihre Säuglinge durch Schlaftränke, durch ›soporöse Mischungen wie Mohnabsud‹ betäubten, damit sie in der Feldarbeit nicht gestört würden.

„Und wer ist es“, fuhr er dann fort, „der, in der einen Hand das Schwert, in der andern die Waage, mit verbundenen Augen dasteht, um solche Verbrechen im Keime zu ersticken? Der k. k. Herr Bezirksrichter ist es!“

Der Staat war heilig, eine höhere Welt, der Himmel gleichsam, der sich unerkannt auf die Erde niedergelassen hatte, die sündhafte zu erlösen.

Der höchste Beamte war Gott.

Gott aber war eine unsichtbare Instanz, zu der nur ein direkter Dienstweg mit Hilfe des höheren und niederen Klerus beschreitbar war.

Gott trug weder eine Zivildienst- noch Militäruniform. Seine k. u. k. Apostolische Majestät, der Kaiser in Wien, trug als nächster im Range eine Generalsuniform mit Eichenlaub am Kragen, wodurch er sich von der andern Generalität unterschied.

Vom Kaiser ging die Leiter ununterbrochen abwärts bis zur untersten Sprosse, auf der die Schüler der ersten Klasse eines k. k. Staatsgymnasiums standen.

Das Tausendjährige Reich konnte so, nach Kios innerstem Gefühl, nur dann Ereignis werden, wenn jeder Mensch verstaatlicht, beamtet, eingeordnet ins ewige Auf und Ab, ein Glied des geheimnisvollen Schematismus geworden sei.

Bis dahin aber würde es gute Weile haben. Denn innerhalb des Staates gediehen unausrottbar ›die subversiven Elemente‹ zu Hauf, und an den Rändern des Staates gab es Verbrechen, Anarchie, Hochverrat, gab es zigarettenrauchende Sextaner und unzüchtige Offenbachiaden.

Trotz des dumpfen Nebels, der auf Sebastian lastete, mußte er über das lasterschwere Wort ›Offenbachiaden‹ lachen. Ein feiner, ganz ferner Kulturduft stieg aus diesem Wort in unsere scharf pochenden Tage.

Kio ging noch immer auf und ab.

Die einzigen, die von der Totenbeschwörung nicht ergriffen schienen, waren Professor Wojwode und Komarek.

Der Kopf des Alten wurde immer schwerer, sein Mund mahlte. Er kämpfte gegen das Verdämmern an. Von alledem verstand er nichts. Endlich gab er sich mit halboffenen Augen dem Schlaf anheim.

Komarek aber war nicht der Mann, ein altes Mißgeschick zu vergessen. Er lachte, aber er lachte vorwurfsvoll und sah drein, als wäre er bereit, mit dem Ebenbilde seines Peinigers abzurechnen.

Schulhof-Kio aber duckte sich, winkte der Klasse zu, Totenstille zu bewahren, und näherte sich auf Fußspitzen einem unsichtbaren Schüler, um ihn zu ertappen. Als er dicht hinter dem Unsichtbaren stand, herrschte er ihn an:

„Fahren Sie fort im Tacitus, dort, wo wir jetzt stehengeblieben sind!"

Sogleich aber wechselte Schulhof die Gestalt, verwandelte sich in diesen unsichtbaren Schüler selbst, taumelte aus schwerem Schlaf empor und begann einige sinnlose Sätze zu stammeln. Er stieß die Worte kurz aus und fraß sie doch in sich hinein. Starke Zischlaute gaben ihnen eine vertrackte Würde. Er vollführte eine zuckende, gleichsam kurzsichtige Verbeugung ...

In diesem Augenblick unterbrach Sebastian mit langsamen Worten diese Szene:

„Ich habe Franz Adler heute gesprochen."

Seine Stimme mußte ungewöhnlich geklungen haben, denn alle wandten sich mit einem Male ihm zu.

Schulhof ging still zu seinem Platz zurück.

Dem Untersuchungsrichter aber war es, als säße er selber neben seinen Worten, die fremdartig aus seinem Mund kamen:

„Ja! Adler ist mir heute vor wenigen Stunden zum ersten Verhör vorgeführt worden. Franz Adler! Ich habe ihn nicht gleich erkannt …"

Faltin ereiferte sich:

„Aber das ist doch unmöglich. Adler lebt in Amerika. Ich weiß es bestimmt, daß Adler in New York lebt. Ich habe es von einem Bekannten gehört."

Sebastian stellte ruhig fest:

„Du irrst dich, Faltin! Franz Adler lebt hier in der Stadt … Als Rätselverfasser … Vor zwei Jahren ist er zurückgekehrt. Zur Zeit aber hat man ihn in der Untersuchungsabteilung des Landesgerichtes untergebracht …"

Komarek schob zwei große Fäuste vor.

Sebastian aber schloß:

„… des Mordes an einer Prostituierten verdächtig!"

Burda schrie entsetzt:

„Um Gottes willen!"

Die anderen auch bekamen Schreckensgesichter.

Nur Schulhof schien weniger betroffen. Er schnitt sogar eine anerkennende Fratze:

„Ein Mörder!? So wäre aus ihm doch etwas ganz Besonderes geworden!"

Sebastian begegnete dieser Bemerkung mit schmalen Lippen:

„Ich habe nicht gesagt, daß er ein Mörder *ist*, sondern nur, daß er unter dem Verdacht des Mordes steht."

Faltin schlug sich an den Kopf:

„Ja natürlich! Mord an einer Prostituierten! Vor zwei Wochen ging es durch alle Zeitungen. Eifersuchtsmord im Tanzvarieté Korea …"

Sebastian sah leidend drein:

„Du irrst wieder, lieber Faltin! Die Klementine Feichtinger ist in ihrer eigenen Wohnung ermordet aufgefunden worden. Ihr letzter Gast war, wie leider bis auf Weiteres festgestellt werden muß, unser Mitschüler Franz Adler!"

Eine wilde Debatte erhob sich jetzt.

Die meisten Herren waren aufgesprungen. Man schrie durcheinander. Burda sah mit aufgerissenen Augen in eine nebelumzogene Vergangenheit:

„Wie ist es nur möglich gewesen, daß ein junger Mensch so glatt verschwinden konnte? Ich glaube, wir haben damals große Unterlassungssünden begangen ..."

Ressl, der Großindustrielle, war mit einem Mal sehr lebhaft geworden:

„Wir haben den Kopf in den Sand gesteckt, mein Lieber, damit man die Butter nicht merke."

Schulhof dachte mühsam vor sich hin:

„Wenn ihr mich auch umbringt, ich kann mir den Skandal nicht mehr ganz rekonstruieren. Bist du nicht damals mehrere Wochen lang krank gewesen, Sebastian?"

Burda gab nicht nach:

„Wir hätten unbedingt nachforschen müssen!"

Faltin zweifelte:

„Seine Mutter starb zu Beginn der Ferien. Wo hätten wir nachforschen sollen?"

„Es war doch lieblos und gemein", sagte Burda.

Schulhofs schönes Organ:

„Dunkel erinnere ich mich ... Eine Detonation wie von feuchtem Pulver ... Nicht wahr?"

Ressl erklärte, daß er in Adler immer die unberechenbare Verrücktheit gespürt hätte. Dies sei ihm noch heute bewußt. Und er schloß:

„Er ist so etwas wie ein Medium gewesen. Was?"

Andere widersprachen. Fischer brachte in Erinnerung, daß der Unglückliche bis zu einem gewissen Zeitpunkt immer einer der besten Schüler gewesen und erst später aus unbekannten Gründen so auffällig zurückgegangen sei. Faltin nannte den Titel eines Dramas, das der Sechzehnjährige geschrieben hatte. Es war merkwürdig, keinem, der diese Dichtung einst kennengelernt, war sie gänzlich entfallen. Manche erinnerten sich sogar an Einzelheiten. Leidenschaftlich rief Burda: „Adler ist gewiß ein Genie gewesen!"

Sebastian wehrte sich:

„Kein Siebzehnjähriger ist ein Genie, Burda!"

Schulhof hatte plötzlich eine Eingebung:

„Vielleicht ist es ein Unsinn, aber ich kann mir nicht helfen ... In diesem Augenblick kommt es mir vor, als hätte ich ihn vor einigen Jahren in einem kleinen deutschen Nest gesehn. Es ist halb elf Uhr nachts. Wir sind auf Gastspieltournee. Die Vorstellung ist aus. Ich trete aus der Bühnentür, da steht ein Mann vor mir – mittelgroß, scharfe Brille, eigentümlicher Kopf – und sieht mir ins Gesicht, als wolle er mich ansprechen. Ich denke mir: Wer ist das?

Diesen Kopf müßte ich kennen! Bis in den Schlaf verfolgt mich der Mensch … Es kann, wie gesagt, ein Unsinn sein, aber in dieser Sekunde glaube ich, es war Adler …"

Da konnte auch Faltin – der vorhin den Beschuldigten so bestimmt in Amerika vermutet hatte – nicht anders und wollte ihn vor einigen Tagen im Menschengewühl der Stadt erblickt haben.

So zerstäubten all diese Reden und Erinnerungen die Erscheinung des Revenants, der im Untersuchungsgefängnis saß.

Keiner von allen konnte den furchtbaren Verdacht für berechtigt halten. Dennoch spürten viele einen trüben Rest von Unsicherheit, Scham, ja Grauen auf dem Grunde ihrer selbst. Komarek in seinem langen ungeschickten Gehrock stand abseits. Die andern aber umdrängten den Richter.

Sebastian wich aus.

Er könne vor durchgeführter Untersuchung nichts sagen. Gerne stehe er jedem seiner Mitschüler zur Verfügung und werde in der nächsten Woche alle Anfragen genau beantworten. Auch ihn habe die Sache sehr angegriffen. Er hoffe von ganzem Herzen, daß sich der Verdacht als hinfällig erweisen werde, in dieser groben Form zumindest. Er habe Adler vielleicht besser gekannt als sie alle. Nein! Ein Verbrecher könne Adler nicht gewesen sein! Das sei für ihn, mag kommen was wolle, erwiesen.

Diese glatten Sätze hatte Sebastian in der flüchtig-näselnden Art gesprochen, in der ganze Generationen hochfahrender Staatsdiener die Parteien abzuwehren pflegen. Die Herren fühlten es und stellten das Fragen ein. Man wandte sich von ihm fort. Er aber, der den ganzen Abend lang starre Haltung bewahrt hatte, er gestand jetzt gegen seinen Willen:

„Wißt ihr denn, wie ich mich vor dem kommenden Montag fürchte!?"

Der alte Wojwode hatte die ganze Zeit über das Gefuchtel und Stimmengewirre mit halboffenen Augen angelächelt.

Jetzt erwachte er und fragte:

„Adler? Sie sagen Adler?"

Dann hob er behutsam einen zitternden Zeigefinger und sah geradeaus, als erinnere er sich unter diesen wildfremden Herren hier eines Schülergesichts, das ihm bekannt sei: „Adler? Was? Nun ja! Ein Knabe mit rotem Haar und Sommersprossen! Erste Bank, links! Nicht wahr?"

Eine halbe Stunde später gingen einige der Herren jenseits des Flusses durch die alten Straßen der hoheitsvollen Stadt. Sie wunderten sich darüber, daß sich Sebastian ihnen angeschlossen hatte. Auch er wunderte sich, daß er nicht, wie er's ursprünglich vorgehabt, an der erstbesten Stelle abgeschwenkt war, um nach Hause zu gehn. Er hatte sogarmehrere Punkte überschritten, wo ein Abschied möglich gewesen wäre. Es trieb ihn mechanisch weiter. Jede Gesellschaft und jeder Weg war besser als ein einsamer Heimweg. Nun entschuldigte er seine Geselligkeit:

„Wir haben den Abend allzuplötzlich abgebrochen."

Schulhof, der so viele Jahre lang schon im Ausland lebte, schlug vor, die schönsten Teile der alten Stadt nächtlicherweise zu durchwandern. Dies wäre die richtige Nachfeier.

Es war übrigens eine alte Kompanie: Ressl, Faltin, Schulhof und auch Sebastian.

Wie auf Verabredung wurde Adlers Name nicht mehr erwähnt. Eine sehr klare Nacht regierte. Übertriebenes Mondlicht schärfte alle Kanten, entwirklichte die Paläste, verwandelte ganze Häuserzüge zu leeren Fassaden, Flächen, Kulissen. Dicke Kreide lag in den Rillen und Vertiefungen. Die Schatten starrten wie lackiert. Das Barock, dieser wahrhaft lunare Stil, feierte die Stunde der Mondvermählung.

Man sprach nur wenig.

Faltin nannte die alten Namen der Adelshäuser. Jetzt waren sie längst in Ministerien und Amtspalais der neuen Republik verwandelt. Am Tage herrschte hier frischerwecktes Leben. In der Nacht aber hatten diese Stadtteile die Todesruhe zurückgewonnen, die sie so viele Jahrhunderte lang bewahren durften.

„Es hat sich eigentlich nichts verändert", meinte Schulhof, der Fremde.

Die Schüler des ehemaligen Nikolausgymnasiums gingen durch die erstorbenen Straßen wie durch einen Traum, der kaum mehr wiederkehren wird. Vor einem Palaistor stand eine lange Reihe amtlicher Autos. Dies alles, nur für kurze Nachtstunden wieder verzaubert, gehörte einer neuen und starken Zeit an.

Oben, in den engen Gassen des Burgbezirks, huschte ein Schatten auf und umkreiste die Gruppe. Ein alter Herr in abgetragener Kleidung mit einem unmöglichen steifen Hut, von weitem als ›alter Offizier in Zivil‹ erkenntlich. Wie von Angst gejagt, machte er ein paar Zickzacktouren und verschwand.

Faltin blieb stehn:

„Wißt ihr, wer das ist? Der berüchtigte General Treisbacher, einer der größten Bluthunde des Krieges. Nachmusterungskommission! Er hat die Toten für kriegstauglich erklärt. Und mich auch."

Der Advokat schlenkerte mit seinen erbärmlich mageren Armen zum Beweise dieser Ungerechtigkeit.

Jemand fragte:
„Warum läuft er so verrückt davon?“
„Er fürchtet sich. Er verläßt nur in der Nacht seine Wohnung. Er lebt in dem Wahn, das Volk würde ihn erschlagen, wenn es ihn erkennt ...“
Schulhof warf eine weite und großartige Handbewegung dem Verschwindenden nach:
„Seht, ein Symbol!“
Später, als sie vor der Landwehrkaserne auf der Brandstatt standen und in den Hof lugten, fing Schulhof wieder an:
„Ich kann euch eine Geschichte von einem andern Symbol erzählen. Ein nicht minder verrücktes, aber weit erschütternderes Symbol! Mich wenigstens hat es damals furchtbar erschüttert. Also, so und sovielter September neunzehnhundertundvierzehn! Ich stehe in Reih und Glied des so und sovielten Marschbataillons auf diesem Hofe hier. Später ist es mir Gott sei Dank gelungen, an ein Fronttheater zu desertieren. Nun, seht ihr, dort stehen wir, in vier Staffeln. ›Ruht!‹ Wir müssen warten. Vor jedem liegt ein Häuflein Unglück, Rucksack oder Tornister mit Spaten und Zeltblatt. Ein Ruck! ›Habt Acht!‹ Der Musikfeldwebel gibt das Zeichen zur Volkshymne. Hinter der Mauer kreischen und weinen die Weiber auf. Da – mein Ehrenwort – geht im langsamen Defilierschritt das Symbol an unsrer Front vorbei: Ihr müßt es mir glauben, dieses Symbol war Kio! Kio, in einer altertümlichen Oberleutnantsuniform. Tiefblauer Waffenrock, hechtgraue Hosen, rote Aufschläge, niedrige Kappe, Muster achtzehnhundertundsiebzig, Portepees, groß wie ein Roßschweif! Der Alte marschiert, ›rechts schaut‹, mit voller Ehrenbezeigung. Man war ja damals ein bißchen nervös – also, ich habe losgeheult wie ein Hund. Später hat man mir dann erzählt, daß sich das Symbol alltäglich in der Regimentskanzlei einstellte und ›bittlich‹ wurde, ›mit der nächsten Ersatzformation ins Feld abgehn zu dürfen!‹ Schließlich hat man ihm das Tragen der Uniform verboten, und die Torwache ließ ihn nicht mehr ein ...“
„Und dann ist er gestorben“, vollendete Faltin.
„Wann war das?“
„Am dritten November Vierzehn“, verkündete der Alleswisser.
Sebastian blickte angestrengt auf den Kasernenhof. Kio war nicht zu sehn. Aber in seinen Ohren tappte der Defilierschritt: Eins, Zwei! Zum zweitenmal drohte heute der Anfall. Etwas kam näher mit Kios Schritten.
Als sie schon über die Kettenbrücke gingen, dachte Sebastian: es riecht noch immer nach Teer. Zugleich aber wußte er, daß dieses ›Etwas‹ das Ende sei,

Herztod, Herzschlag! Seine Hand umkrallte das Brückengeländer. Er glaubte nicht, daß er noch hundert Schritte zu gehen habe.

Man schlenderte jetzt über einen weiten Markt. Das Tappen war zurückgeblieben. Nur ganz leise mehr und fern erscholl es.

Ressl wies auf ein großes Gebäude, das mit grünen, roten, blauen Lichtreklamen behängt war wie ein grotesker Christbaum: „Trocadero! Früher stand hier Gran Canon! Wißt ihr noch?"

„Längst in den Besitz der Vita-Aktiengesellschaft übergegangen", belehrte Faltin die andern und fügte den Kaufpreis hinzu.

Sebastian kämpfte um einen müden Gedanken: Wie können sie sagen, daß dieses Trocadero früher Gran Canon gewesen wäre. Man kann doch auch nicht sagen, Adler und Adler sei eins.

Durch die Drehtür des Vergnügungslokals strömten Menschen aus und ein. Frauen, mit ihren hellen Kleidern und hellen Beinen, strahlten wie große gedämpfte Lichtquellen. Die nächtige Luft prickelte von ihrem Lachen, ihren Bewegungen, ihren Essenzen. Ressls verfettetes Knabengesicht wurde ganz unruhig. Er sog an der Atmosphäre:

„Was meint ihr? Kehren wir ein!"

Man sah es ihm an, er wollte den heutigen Eheurlaub nicht ganz ungenützt verstreichen lassen.

Sebastian war bemüht, sich vorzustellen, daß auf diesem weiten Platz, wenn die Nachtschwärmer das Lokal verlassen, ein Obst- und Gemüsemarkt aufgeschlagen sei.

Er schwieg, er stand wie ein Stock.

Ressl faßte ihn am Arm:

„Du bist doch auch einmal ein Stammgast vom Gran Canon gewesen!"

Vielleicht hätte sich Sebastian jetzt verschleppen lassen, hätte er nicht in der gleichen Sekunde auf die andere Seite des Platzes hinübergeschaut.

Lang und dunkel ging dort Komarek vorüber. Er grüßte höflich, ja tief, indem er eine weite Bewegung mit seinem Hute machte.

Die andern schoben sich durch die Drehtür in der Meinung, der Richter folge ihnen.

Sebastian aber eilte mit großen Schritten quer über den Platz. Die Abiturientenfeier war für ihn zu Ende.

Drittes Kapitel

Es war lange Zeit nach Mitternacht, als sich Sebastian daheim in seinem Arbeitszimmer an den Schreibtisch setzte.

Die Müdigkeit, der Angstzustand, einer schweren Vergiftung gleich, der ihn zweimal an diesem Abend befallen, war verschwunden. Eine Überwachheit, eine Grelle des Geistes hatte sich eingestellt und diese sonderbare, ihm völlig unbekannte Sucht, zu schreiben ... Gewiß, damals, und auch noch später, bis zu seinem zwanzigsten Jahre etwa, hatte er gedichtet, Verse, Geschichten, einen Einakter zusammengestümpert. Was davon zu halten war, hatte er von jeher gewußt: Wortbastelwahn und der Wunsch zu imponieren.

So klug war er immer gewesen, um jedesmal dieselbe Enttäuschung bewußt zu erleben, daß sich das Wort ihm in der Feder grinsend verwandelte und etwas anderes ward, als er wollte. Einem Pferd in einer Kavalkade glich das Wort, auf dem ein schlechter Reiter sitzt. Er zieht die Zügel an, er arbeitet, er braucht alle Hilfen, weil er sich loslösen und einen eigenen Weg einschlagen will. Das Pferd tanzt ein wenig, dann aber drängt es, ohne sich um die Reiterkünste zu kümmern, den andern Pferden nach. So pflegte es Sebastian bei seinen poetischen Versuchen zu gehen. Sein Wort drängte zur Worteherde, zur Phrase, zum Tausendmal-schon-Gesagten. Und er wußte es.

Dies aber, heute und jetzt, dies war etwas vollkommen Neues, dies war nicht Wort, nicht Schreiben, nicht einmal Beichte und Rechtfertigung. Ein betäubender Trieb war's, eine unmäßige Leidenschaft, die Sebastian an den Schreibtisch zwang und ihm befahl, einen Abschnitt seines Lebens zu erwecken und festzubannen. Dieses alte Leben selbst wollte *da sein*, in den Raum ragen, nicht um Sebastians, nicht um Adlers willen, nur für sich selbst.

Das unvernichtbare Leben erhob sich, das nur seinen Raum gewechselt hatte. Der Mensch stand unter seinem Diktat.

Sebastian wußte kaum, daß er schrieb. Er schrieb ja nicht einmal, sondern stenographierte in jagender Hast. Und selbst diese Kurzschrift war so flüchtig, von willkürlicher Sigel und Vereinfachungen, die er im Fluge erfand.

Und er schrieb. Und er glaubte zu schreiben.

****

Es begann damit, daß mich mein Vater aus Wien verbannte. Er war gewiß nicht das, was man einen verknöcherten Staatsjuristen nennt, kein harter Paragraphenmensch ohne höheren Ausblick. In der Gesellschaft schätzte man ihn wegen seines Klavierspiels. Als junger Mann hatte er sich sogar bei Gründung des Richard-Wagner-Vereins besondere Verdienste erworben. Es wird für mich immer zu den rätselhaften Widersprüchen gehören, daß ein Mann wie er, dessen höchste Gabe ein eisklares Formgefühl war, für schwelgerische Musik schwärmte.

In einem Punkte verstand er keinen Spaß. Und in diesem Punkte gerade hatte ich versagt.

Mein Vater haßte jegliche Art von Niederlage. Der Besiegte flößte ihm niemals Mitleid ein, sondern nur kalte Verachtung. Es war ihm unbegreiflich, daß ein Mensch unters Mittelmaß sinken konnte, nicht einmal jene Linie einzuhalten vermochte, die selbst der Heerschar aller Gewöhnlichen erreichbar ist. Dieser kluge und in manchen Dingen geniale Mann litt darunter – so schien es mir damals wenigstens –, daß ich in der Quinta des Schottengymnasiums nur mit Ach und Krach durchgekommen war, daß ich in einer Disziplin eine vernichtende, in allen anderen nur eine genügende Zensur davongetragen hatte. Er schien sich aufrichtig eines Sohnes zu schämen, der so wenig Fleiß, Begabung und Aufmerksamkeit zeigte, um bei den ›geringen Forderungen der modernen Schule‹ die Leistungen der trägen Masse wenn nicht zu überragen, so doch einzuhalten. Ich galt ihm nicht als Knabe, als unfertiges Kind, das trotz seines Studiendebakels noch alles im Leben erreichen konnte. Der Unterschied zwischen Mann und Kind war für ihn überhaupt nicht vorhanden. Niemals hat er mich mit der ironischen Überlegenheit des Erwachsenen behandelt. Er beschimpfte mich nicht, machte mir keine Szene, ließ mich nur fühlen, daß es ihn verdrieße, mit einem subalternen Wesen, das dem Namen Sebastian von Portorosso keine Ehre mache, den Tisch zu teilen.

Es verdroß ihn aber im Grunde ganz etwas anderes. Er war seiner Natur nach Junggeselle und hatte zu Unrecht einen Sohn. Auch ich bin der Natur nach Junggeselle und würde ebensowenig ein Kind lieben, wie mein Vater mich geliebt hat. (Es geht bei mir so weit, daß ich nicht einmal weiß, ob ich mit einer Frau, die vor meiner Gleichgültigkeit bis nach Argentinien geflohen ist, nicht wirklich ein Kind habe!) Von meiner Mutter lebte der Vater geschieden, solange ich zurückdenken kann. Sie starb, als ich sechs Jahre alt war.

Meine Existenz ging ihm auf die Nerven. Das mochte wohl mit dem pathologischen Hochmut zusammenhängen, an dem er litt, ein Hochmut, der sich bis zum Menschenekel steigern konnte. Aus Hochmut vermied er es zum Beispiel, so gut es nur ging, menschliche Körper zu nahe kommen zu lassen. Wenn die untergebenen Herren aus seinem Amt zu ihm kamen, reichte er ihnen niemals die Hand. Selbst seine Geruchsempfindlichkeit – im Gespräch bewahrte er fast immer Profilhaltung – war nichts als zügelloser Hochmut. Ein halbwüchsiger Sohn aber ist immer ein Zerrspiegel des Vaters. Es kränkte seinen Hochmut, sich in mir zu spiegeln. So wenigstens sehe ich es heute an.

Nach den großen Sommerferien, die ich in strenger Studienzucht verbrachte, wurde ich hierher in die Stadt geschickt, um die notwendige Wiederholungsprüfung abzulegen und ein neues Gymnasium zu beziehen. Und hier lebe ich nun nach siebenundzwanzig Jahren noch immer. Hier habe ich den Untergang des alten, das Werden eines neuen Reiches erlebt. Hier bin ich nun naturalisiert und Staatsbeamter. Dies alles ist höchst gleichgültig.

Ich habe meine Jugendjahre im Hause zweier Frauen verlebt. Die beiden Schwestern meines Vaters, Aurelie, die Witwe, und Elisabeth, die Unverheiratete, haben die weichmütigste Erinnerung meines Lebens erworben. In ihrem Hause war ich der Mann. Sie forderten nichts von mir. Sie erzogen mich nicht. Sie liebten mich. Sie waren eifersüchtig aufeinander. Sie schmeichelten, wetteifernd, meiner Eitelkeit.

An dem Hause Aureliens gehe ich heute noch täglich vorbei, an diesem gealterten Bau, an dem Haustor, aus dem mir noch wie dazumal der dunkelgemischte Duft meiner Jugend entgegenschlägt. Aber ich sehe das Haus nicht, es ist für mich gänzlich erloschen, wie die Stadt, in der ich ein Amt habe, wie meine ganze Existenz vielleicht erloschen ist, an der ich täglich nicht anders als an jenem Haustor vorübergehe, sehr wenig beeilt und eine Zigarette im Mund …

Es war übrigens ein großer Fehler, daß ich mich habe von Burda verleiten lassen und bei dieser traurigen Lemurenversammlung erschienen bin. Ich behaupte aber keineswegs, daß ich aus dem Rahmen dieser Versammlung gefallen bin, ich war eines der grauesten Gespenster unter Gespenstern. Doch wozu das erfahren? Wozu einen verdorbenen Magen und ein verdorbenes Hirn von einem solchen Abend forttragen? Wozu die qualvolle Afferei, da man sich wieder an den Start gestellt fühlt, wo doch der Weltlauf längst verwirkt ist?

Ich bin dreiundvierzig Jahre alt. Wenn ich nicht meine Diät einhalte, liege ich trostlos die ganze Nacht wach. Mein Herz ist nicht mehr viel wert. Ich habe zwar noch keinen Arzt darüber befragt, aber ich weiß es. Stiegensteigen, rasche Bewegung bringt mich außer Atem. Der leise Schmerz im linken Arm läßt mich vermuten, daß ich ein Kandidat der Arterienverkalkung bin. An dieser Krankheit ist mein Vater mit dreiundfünfzig Jahren gestorben, und ich habe nicht nur seinen Typus durchaus geerbt, sondern bin dazu noch ein unverbesserlicher Kettenraucher. Die Beklemmung heute abend, die Herzangst, an der ich leide, ist nichts anderes als das Vorwissen eines frühen plötzlichen Endes. Warum ich keinen Arzt konsultiere? Soll ich mir denn, was noch an Leben übrig ist, durch Wahrheit vergällen lassen?

Ich sehe passabel aus, gar nicht alt, besser vielleicht als in meiner Jugend, weil ich jetzt mehr Sorgfalt und Geld auf meine Kleidung verwende. Da ich ohne Verpflichtungen und Verstrickungen lebe, da ich das Vermögen meiner Tanten geerbt habe, so fällt es mir leicht, gut angezogen zu sein und eine hübsche Wohnung zu halten.

Als ich zwanzig Jahre alt war, haben mich die Frauen auf der Straße nur selten angelächelt. Heute ist das ganz anders. Viele eindringliche, fragende, verheißende Blicke treffen mich. Ich bin nicht mehr schüchtern. Wenn ich es will, habe ich Frauen, und nicht etwa die üblichen, sondern Frauen von Rang, Frauen, von denen es niemand vermuten würde. Aber ich verliebe mich nicht. Ich lasse mich nicht fangen. Vorsicht zwingt mich, mein Herz zu behüten, dessen arhythmischer Schlag mich nächtens beunruhigt.

Wenn ich plötzlich bei einer Sitzung meinen Puls greife, nennen mich meine Kollegen einen Hypochonder. Gut! Ich bin ein Hypochonder! Aber was hilft mir das, wenn ich ganze Nächte lang mir den Tod und das Sterben ausmalen muß?

Dabei bin ich mir völlig bewußt, daß es für die Welt und für mich gleichgültig ist, ob ich den Weg von meiner Wohnung zum Gerichtshaus noch fünftausend-, siebenhundert- oder nur noch achtunddreißigmal zurücklegen werde. Es ist für die Welt und für mich vollkommen gleichgültig, und dennoch wäre es eine süße, unsagbare Beruhigung, wenn ich wüßte, daß dieser Weg mir noch mehr als fünftausendmal bevorsteht.

Es ist ein ziemlich langweiliger Weg durch fünf kleine und zwei große Straßen. Er dauert eine halbe Stunde, und ich lege ihn zu Fuß zurück. Ich kann nicht leugnen, daß dieser Gang zu den wichtigsten Begebenheiten meines Tages gehört, wenngleich ich mich dabei sehr wenig für die Umwelt interessiere und ihn in einer Art von bekümmertem Halbschlaf hinschlendere.

Ich will nichts anderes als dies. Ich bin ein Gewohnheitsmensch durch und durch und liebe keine Neuerungen. Der Gedanke an eine amtliche Veränderung, an das bisher von mir verhinderte Avancement macht mich schaudern. Hauptsächlich wegen des neuen Büros, das ich beziehen müßte.

Es war darum eine unverzeihliche Unvorsichtigkeit, den Abend mit Menschen, die ich längst vergessen glaubte, zu verbringen. Hätte ich aber, wenn ich's recht überlege, mir diesen Fehler ersparen können? Ich *mußte* ja darüber reden.

So lächerlich und übertrieben es klingen mag, die Begegnung mit Adler hat mein Leben vor eine neue Tatsache gestellt, der ich mich nicht gewachsen fühle. Ich weiß nicht einmal genau, worin sie besteht und wie ich mit ihr fertig werden könnte.

Nur zwei der oberflächlichsten Fragen, die mich bedrücken:

– Darf ich mich Adler zu erkennen geben?

– Wie gleiche ich die Pflicht des Juristen der menschlichen Pflicht an, und gar dieser ganz besonderen, ganz verwickelten Pflicht?

Ich wundere mich, wie schnell mein Stenogramm übers Papier fegt. Ich selber denke nicht, ich selber schreibe nicht. Kraft eines ganz unbekannten Gefälles stürzen die Worte aus mir hervor. Wenn ich an Montag denke, muß ich die Zähne vor peinlicher Verlegenheit zusammenbeißen. Meine Stirn ist feucht, und mein Körper brennt, als ob er aus Eiseskälte käme.

Ich war sechzehn alt, als mich Professor Kio in die Sexta des Nikolausgymnasiums einführte und meinen neuen Mitschülern vorstellte. Ich erinnere mich noch der Worte, die er in seiner sonderbaren Ausdrucksweise zu mir sprach, ehe wir das Klassenzimmer betraten:

„Sie haben eine Wanderung vorgenommen. Trachten Sie jetzt danach, ansässig zu werden. Es ist nicht leicht."

Es war nicht leicht.

Jeder, der etwas Ähnliches erlebt hat, weiß, wie unangenehm solch ein Augenblick ist. Man sitzt, von neugierigabschätzenden Blicken betastet, unter einer feindlichen Übermacht, die der arme Eindringling erst vereint und zusammenschließt. Ich starrte unentwegt auf die Tafel und heuchelte Teilnahmslosigkeit. Dabei spürte ich mit meinem ganzen Körper den schlechten Eindruck, den ich hervorrief. Ein Makel lag auf mir. Denn ein Schüler, der, mit einer Wiederholungsprüfung belastet, das Gymnasium und die Stadt wechselt, der spielt ja fast die Rolle eines Vorbestraften. Ich rettete mich in das Bewußtsein, aus der Reichshauptstadt zu kommen und den Gymnasiasten der Landeshauptstadt gegenüber einen höheren Grad von gesellschaftlicher Art und Lebenserfahrung vorzustellen. Es war eine Täuschung. Denn bald mußte ich erkennen, daß man bei Sankt Nikolaus vielfach belesener und wissender war als bei den Schotten in Wien. Ich stieß sogleich auf eine unbekannte Art von Überlegenheit, mit der ich nicht gerechnet hatte.

Der Klassenvorstand wies mir einen Platz in der dritten Bank der rechten Kolonne an. Mein Nachbar war Burda. Hinter mir saß Faltin, vor mir Bland, der im Kriege gefallen ist.

In der ersten Bank der linken Kolonne, gerade am Mittelgang, wo die Professoren während des Unterrichts auf und ab zu gehen pflegten, hatte Franz Adler seinen Platz. Dieser Mitschüler war der erste, auf den mein Blick fiel. Anfangs gefiel er mir gar nicht. Sein Äußeres reizte mich. Ich leide überhaupt darunter, daß mich Gesicht und Gestalt mancher Menschen, ehe ich sie kennen lerne, erbittern. Später können mir die gleichen Menschen sehr sympathisch werden.

In den ersten Tagen gefiel mir Fritz Ressl am besten. Er war zwar ein bißchen dick, aber ein sehr hübscher, blonder Junge, der immer etwas zu lachen hatte, Seidenwäsche trug und täglich neue Dinge zur Schule brachte, die mir imponierten: goldene Füllfederhalter, Zigarettendosen, Uhren ... Auch benützte er für seine Schulbücher keine Riemen, sondern eine pompöse Aktentasche, die mir desgleichen Bewunderung abnötigte. Ressl sprach mich als erster an. Er war mir am wenigsten fremd in dieser Umgebung. Ich weiß nicht warum, aber sein harmloser und genußsüchtiger Körper erinnerte mich an das Leben, wie ich es bisher in meiner Vaterstadt kennengelernt hatte.

Adler hingegen war ein Wesen, das keinen rechten Körper zu haben schien. Etwas Kümmerliches, ja Uraltes schien in dem großkarierten Anzug zu stecken, den er immer trug. Dabei war er bei weitem nicht der Kleinste in der Klasse, sondern in meiner Größe, denn wir standen beim Turnunterricht in der Riege nebeneinander.

Er hatte aber von uns allen gewiß den mächtigsten Kopf, mit hellrotem Haar bestanden, der ausladende Schädel über einer unglaublichen Stirn, welche die seltsame Eigenschaft hatte, in der Erregung rote Flecke zu bekommen. Adler war stark kurzsichtig und trug ein dickes Augenglas. Seinen Gesichtsausdruck könnte man am besten pathetische Geistesabwesenheit oder ein feierliches Starren nennen, das halbe Stunden lang unverwandelt anhielt.

Dieses Starren aber konnte sich plötzlich zusammenballen wie ein Gewitter und entlud sich dann in einem Grinsen, in einem Auflachen, in einer kurzen Bemerkung, die auf mich wirkte wie ein leichter elektrischer Schlag.

Ich prüfe mich: Auch heute in meinem Büro war es derselbe elektrische Schlag gewesen, durch den ich Adler erkannte. Als er die Worte sprach: ›Das erstemal als Gymnasiast‹, schlug mir sein Wesen wie eine Stichflamme entgegen. Merkwürdig, vorher hatte mich nichts an ihn erinnert. Und doch, es war *sein* Gesicht, *seine* Stimme, *seine* Sprechart. Dieses Aufzucken einer abgründigen Kraft und dieses rasche Zusammensinken, es hat sich nicht verändert.

Als ich in die Schule von Sankt Nikolaus eintrat, zählte Adler zu den besten Schülern. Kio behauptete zwar, daß er faul sei und sich niemals präpariere, aber seine Arbeiten waren damals meist fehlerlos und seine Antworten fanden das Richtige auf unvorschriftsmäßigen, dafür aber eigenen Wegen. Er war darin das reine Gegenteil des Primus Fischer, der weniger den Gehalt der Lehrsätze als ihren Schultonfall spielend erfaßte und schlagfertig wiedergab.

Adler antwortete schwerfällig und immer wie aus Träumen aufgeschreckt. Was er sagte und wie er's sagte, verletzte den gesetzmäßigen Tonfall, so daß Fischer und die Schulfüchse unter den Lehrern von sichtlichem Unbehagen erfaßt wurden. Wie in allen Berufen, so gibt es auch in der Schule eine Musik des Konventionellen. Als Muster gilt derjenige, der sich ein feines Gehör für ihre Harmonie erworben hat und sie ehrfürchtig gebraucht. Mir geht es heute in meinem Amt nicht anders. Ich werde unruhig, wenn ich im Rechtsstil ungewohnte Wendungen finde. Wohin würde das führen? Wir Ordnungshüter müssen zusammenhalten und uns vor dem Einbruch der form-entwertenden Originale in unser Reich schützen.

Kio, der Klassenvorstand, hatte für Adlers Originalität zwar keine Billigung, aber ein heimlich-wohlwollendesVerständnis. Zur Strafe nannte er ihn einen Philosophen und rief ihn des öfteren mit den Namen Seneca oder Cartesius spöttisch auf.

Als ich in der Klasse erschien, genoß Adler unter den Schülern unbedingte Ehrfurcht. Keinem fiel es damals ein, etwas Komisches an ihm zu finden. Auch ich stand unter dem Banne dieser Verehrung. Nur manchmal, wenn er feierlich vor sich hinstarrte oder seine tiefsinnig-stockenden Antworten hervorstieß, verspürte ich einen Lachkitzel, den ich schnell unterdrückte.

Alle waren sich darin einig, daß dieser rothaarige Knabe der große Mann werden würde, den die Welt dereinst dieser Schulklasse verdanken solle. Dieses ›Alle‹ bestand natürlich aus einer geistigen Minderheit, aber diese Minderheit war tonangebend.

Der größere Teil der Knaben war dem Sport ergeben und hatte einen Fußballklub gegründet. Die Minderheit aber verstand es, die Sportsleute als niedrigere Kaste zu behandeln. Ich weiß noch genau, daß es auf mich in jenem Jahr einen Eindruck von ›Edelmut‹ machte, als die Geistiggerichteten (sie waren zumeist auch die Reichen) der Bewegungspartei ›die Seele‹ eines Fußballes schenkten. Der Anreger dieses Geschenkes war Adler. Er wandelte in den Pausen zumeist allein oder mit einem seiner Jünger. Die Fußballseele aber ließ erkennen, daß er trotz seiner Einsamkeit einen Führer-Einfluß auszuüben wußte.

Als Neuling hatte ich anfangs einen schweren Stand unter dieser Gemeinschaft, die einen anderen Dialekt sprach als ich und aus einer andern Kindheit stammte. Dazu kam, daß ihre Häupter einen Grad von Bildung besaßen, der mich sehr oft in gefährliche Lagen brachte.

Bald hatte ich mich als ein schlechter Schüler demaskiert. Es hätte mir bei meinen neuen Kameraden nicht geschadet, wenn ich ein schlechter Schüler auf interessante, nachlässiggeistreiche Art gewesen wäre. Ich aber gab nur tölpelhafte Antworten.

Schon drohte mir ein ruhmloser Untergang. Es fehlte nicht viel, und ich wäre zur Sportgruppe hinabgesunken, oder zu den Ausgestoßenen gar, zum Lumpenproletariat dort, wo Komarek hauste, wenn nicht das Ansehen meines Vaters mir geholfen und ein Gespräch, das ich mit meinem Banknachbarn Burda führte, mein Schicksal von Grund auf verwandelt hätte.

Es war unter den Schülern allgemein bekannt, daß Adler ein hochbegabter Dichter und Denker sei, Dramen verfasse und philosophische Aufsätze. Die Auserwählten, die seine Schöpfungen kannten, sprachen mit Bewunderung von ihnen und fast nur leise, als wie von kostbaren Geheimnissen. Eines Tages verriet mir Burda – vielleicht, um mir eine Gunst zu erweisen, vielleicht nur, um vor dem Neuen mit seinem bedeutenden Mitschüler zu prahlen –, er verriet mir, daß Adler ein neues dramatisches Werk vollendet habe und es demnächst in Blands Wohnung vorlesen werde.

Ich hörte diese Mitteilung an und erwiderte mit gleichgültiger Ruhe – während meine Nerven von einem unbekannten Ehrgeiz schmerzten –, daß mich Adlers Drama recht interessiere, umsomehr, da ich selber so manches schriebe und geschrieben hätte.

Dies war nicht gelogen. Ich hatte ein paar Gedichte gemacht, ohne etwas von diesen Spielereien zu halten, geschweige denn, sie jemandem zu zeigen.

Burda, der Jünger Adlers, sah mich von oben an:

„So!? Du dichtest!?“

Und jetzt log ich:

„Die Wiener ›Zeit‹ hat meine Gedichte in ihrem Sonntagsblatt veröffentlicht.“

Es war kein vorbedachter Schwindel, es war eine Lüge aus Inspiration. Mit einem Schlage war ich mehr als ein nur unter Knaben bewunderter Knabe. Ernsthafte Männer hatten mein Werk dem Druck übergeben. Ich fühlte in Burdas Augen den Schwung, der mich emporriß. Er, die gläubige Seele, verlangte keinen Beweis dieser Prahlerei. Sein klassenpatriotisches Herz war bereit, mich zu bewundern.

Als wir nach dem Mittagsläuten das Schulzimmer verließen, stellte mich Adler. Es war das erste längere Gespräch zwischen uns. Er sah mich mit seinen leicht-entzündeten Augen an:

„Du bist also ein Dichter?"

Eine furchtbare Beklommenheit warf sich über mich. Zugleich aber war mir's, als müßte ich diesem Jungen an die Gurgel fahren oder in ein fassungsloses Gelächter ausbrechen. Er fragte mich weiter:

„Du sendest deine Gedichte an Zeitungsredaktionen. Warum tust du das?"

Feige schwächte ich meine Lüge ab:

„Es geschieht natürlich nicht unter meinem Namen. Ich verwende ein Pseudonym."

Er ließ sich nicht beirren:

„Wozu? Es sind ja gewiß keine reifen Arbeiten ... Wir sind noch zu jung!"

Es klang nicht so, als ob er mich kränken wollte. Der Nachsatz, der mich ihm gleichstellte, war liebenswürdig gesprochen. Ich aber hätte weinen können, heulen, daß dieser Junge mit dem Wasserkopf, mit den blinzelnden Augen mir überlegen war. Auf ihn hatte meine Lüge nicht gewirkt. Er setzte ihr seine unbeirrbare Wahrhaftigkeit entgegen, die an keinen Erfolg dachte, sondern nur an Wert.

Ich hatte bisher in meiner Schülerlaufbahn alle Erniedrigungen des Versagens leicht und dumpf hingenommen. Jetzt und in diesem Augenblick zum erstenmal erwachte in mir das Bewußtsein meiner untergeordneten Stellung. Ich war während dieses kurzen Gespräches, das mich zurechtwies, ich selbst geworden. Das Unerträgliche, jetzt erst wurde es unerträglich. Eine Besessenheit wuchs, diesen rothaarigen Burschen, dessen Ansehen mich quälte, ja, gerade ihn zu übertreffen und zu beugen. Durfte denn jemand über mir stehn!? Ich kann sagen, in diesem Augenblick erwachte der Charakter meines Vaters in mir.

Am nächsten Tage luden mich Bland und Burda feierlich zu der Vorlesung des Adlerschen Werkes ein.

Bland spielte in der geistig regsamen Gruppe unserer Klasse eine wichtige Rolle. Er war der Sohn eines Abgeordneten, besaß ein Zimmer, das von der väterlichen Wohnung abgetrennt lag, wodurch es für Zusammenkünfte als besonders geeignet galt. Er war Adlers Intimus, der weitaus Gebildeteste von allen, sammelte Bücher, und wir konnten bei ihm schon Nietzsche, Herbart, Mach und die neuesten Dichter finden. Die Bücher waren ihm heilig. Man mußte nur sehn, wie er sie in die Hand nahm. Niemals lieh er ein Buch aus. Wir waren gezwungen, sie in seinem Zimmer zu lesen. Er lebte, ja er liebte sogar nach ihnen. Als er später einmal eine Liebschaft mit einer verheirateten Frau hatte, war er ganz gebrochen von den einschlägigen Problemen, die all diese Bücher in ihn hineintrugen. Er war ein unendlich feiner, unendlich moralischer Mensch. Als Kriegsgegner ging er in den Krieg und fiel. Denn seine unbeugsame Moral gebot es ihm so.

Um vier Uhr, nach Schulschluß, versammelten wir uns in Blands Zimmer, dessen Situation so lebendig vor mir steht, daß es mir mitunter im Traum erscheint. Ich saß zwischen Faltin und Burda auf dem Bett. Schulhof hatte sich auf den Diwan geworfen. Der dicke Ressl wechselte oft seinen Platz. Alles war ihm zu unbequem. Den armen Bland sehe ich, wie er auf seinem bücherüberhäuften Schreibtisch sitzt. Adler aber hatte sich seinen Stuhl zur Glastür gerückt, denn in dem Raume herrschte trübes Licht.

Der Held der Tragödie war der berühmte Kaiser Friedrich II. von Hohenstaufen, der faustische Freigeist des Mittelalters, wie ihn Adler schilderte. Das Werk machte einen so entscheidenden Eindruck auf mich, daß mir die Schlußszene, ja ganze Versreihen davon bis heute in Erinnerung geblieben sind:

Der Kaiser liegt in seinem sizilianischen Palast auf dem Sterbebett. Die Getreuen beten für das Heil seiner Seele, während er abgerissene Lästerreden gegen Gott führt. Man erwartet den Kardinal-Legaten, damit er die Seele des Leugners von der Hölle erlöse. Der Gesandte des Papstes kommt. Er führt mit sich das Sakrament, um es dem Kaiser, wenn er sein Ketzertum widerruft, zu reichen, und zugleich auch die Bannbulle, um ihn, wenn sein Trotz sich nicht brechen läßt, in die ewige Verdammnis zu stoßen. Es ergibt sich eine bewegte Szene zwischen dem Kardinal und dem Kaiser, der in seinem Unglauben nicht wankend wird. Die Ritter und Damen des Hofes flehen den Sterbenden an, die Erlösung nicht von sich zu weisen. Vergebens! Schon will der erbitterte Priester das Wort der Verfluchung aussprechen, als sich Friedrich in Verzückung erhebt und flüstert: ›Jetzt, ach, jetzt seh ich die Wahrheit ...‹ Ein Schrei der Genugtuung! Alles hängt an den röchelnden Lippen des Kaisers, den Laut der Buße zu hören. Der Kardinal neigt sich zu ihm nieder und spricht das Credo vor, damit er es noch wiederholen könne. Friedrich aber stößt mit letzter Kraft den Legaten zurück und schreit: ›Gott ist ...‹ Und mitten in diesem Satz sinkt er hin und stirbt. Ungelöst bleibt das ewige Geheimnis, das er im Sterben erkannt hat.

Noch jetzt, während ich mir die Handlung dieser Szene vergegenwärtige, bin ich ergriffen. Gewiß! Es ist die Arbeit eines Sechzehnjährigen, voll von Anklängen, Lebenslücken, Übertreibungen! Aber in dieser Stunde und in dieser

Tragödie verstand ich zum erstenmal das Rührende alles künstlerischen Menschenwerks. Adler erträumte Menschen, lenkte ihre Schicksale und stümperte dies nicht nur fetzenhaft hin, sondern führte es planvoll zu Ende. Wie er es tat, und wie er es las, das war so versunken, so absichtslos, so rein! Nicht ein einziges Mal irrte sein Blick zu den Zuhörern hin. Ich entdeckte in seinem allzugroßen rothaarigen Kopf das Werden einer höheren Schönheit. Eine geistige, eine charismatische Schönheit war über ihn ausgegossen, während er las.

Wenn jemals, so war ich an diesem Nachmittag bereit, mein Ich auszulöschen und die begnadete Kraft eines Größeren anzubeten. Ich stand an dem Scheidewege, von dem des Dichters Wort spricht:

›Gegen große Vorzüge eines andern gibt es kein Rettungsmittel als die Liebe.‹

Wär es nur nicht Franz Adler gewesen, der in seiner eigentümlich steifen Haltung dasaß, das kurzsichtige Antlitz in sein Heft noch immer vergrabend, als er schon geendet hatte.

So hingerissen ich war, wenn er beim Vorlesen schamhaft mit den Armen schlug, meldeten sich leise Anfälle meiner Lachlust.

Schulhof war mit Adlers monotoner Vorleseart unzufrieden. Er wollte den Fachmann zeigen und begann gewisse Stellen aus dem Manuskript zu rezitieren. Er schrie und machte sich unendlich wichtig. Wortlos nahm ihm Bland das Heft aus der Hand.

Mein Verstand gab sich geschlagen. Mein Selbstgefühl schien verstummt. Dies würde ich niemals erreichen. Jeder Wettkampf wäre blasphemisch. Und doch – wie schwer ist es hier, wahr zu sein – im Dunkel meines Gemütes kochte es. Kein Neid war es. Ich habe niemals Neid an mir erlebt. Einem andern hätte ich vielleicht den Kranz gegönnt. Einen andern hätte ich vielleicht geliebt. Adler gönnte ich den Kranz nicht. Habe ich ihn gehaßt? Ich schwöre hier, daß ich Adler niemals, in keinem Augenblick gehaßt habe. Aber seine Überlegenheit, gerade *seine* Überlegenheit ertrug ich nicht.

Warum? Nachträgliche Erklärungen haben wenig Wahrscheinlichkeit. Ich versuche gegen mich restlos aufrichtig zu sein. War mein Widerstand vielleicht dadurch bestimmt, daß ich in Adler den Juden fühlte, die Rasse also, von der man gerne alles hinnimmt, nur nicht Herrschaft?

Nachdem wir uns stundenlang über das Werk und seine Gestalten ausgesprochen hatten, wurde für den nächsten Tag neuerdings eine Zusammenkunft in Blands Zimmer verabredet, bei der ich mit meinen Versen debütieren sollte.

Voll Angst und schlechter Laune kam ich zu Hause an.

Was sollte werden? Ich hatte zwar ein paar Gedichte geschrieben, aber nachdem ich Adlers Tragödie kennen gelernt, ekelten sie mich an, schienen sie mir völlig überflüssig und unbegabt. Ich hatte mich auf ein gefährliches Gebiet locken lassen, wo ich nur Schande davontragen, dem Verfasser ›Friedrich des Zweiten‹ aber zu einem neuen Siege verhelfen würde.

Ich las all das alberne Gemächte durch, das sich in meinem Schreibtisch befand, all die schiefen Bilder, verlogenen Empfindungen und erschwindelten Gedanken, die der Reim billig mit sich selber erzeugt. Die Früchte meiner Prahlerei mußte ich nun ernten.

Zurück konnte und wollte ich nicht. Aber meine elenden Verse dem überscharfen Gehör Adlers und seiner Jünger ausliefern – das war unmöglich!

Kurz entschlossen begab ich mich ins Bibliothekszimmer meiner Tanten.

Wie merkwürdig leicht ist mir damals doch das Lügnerische und Verbrecherische gefallen. Ich erinnere mich nicht der geringsten Hemmung. Auch bin ich überzeugt, es würde mir heute im Notfall nicht schwerer werden, eine Unanständigkeit zu begehen. Darin dürfte der Grund zu suchen sein, daß ich meinen Beschuldigten gegenüber unsicher bin. Das schwankende Bewußtsein meiner eigenen Moral rettet sich in eine wohlgefällige Menschlichkeit, die keinem Verbrecher sein ›Herr‹ vorenthält. Widerlich! Wie anders war doch mein Vater! Ein Richter durch und durch! So kalt und hart er immer gewesen sein mag, in seinem Herzen saß unschmelzlich gefrorenes Recht. In mir ist kein Recht. Darum bin ich kein Richter. Ich bin zu feig zum Richter. Sie halten mich für verrückt, weil ich mich wehre, ins Präsidium zu kommen. Nein, es ist etwas sehr Tiefes, um dessentwillen ich mich wehre. Ich habe kein Recht, Urteilsrichter zu werden, ich muß als Untersucher sterben.

In der Bibliothek fand ich nach kurzem Suchen ein Buch, das mir geeignet schien. Es war das Gedichtwerk eines verschollenen Revolutionspoeten aus dem Jahre achtzehnhundertachtundvierzig, ein morscher Band, von dem wohl längst kein Exemplar mehr auf Erden weilt.

Justus Frey hieß der Dichter. Den Namen habe ich nicht vergessen.

Zwei Gedichte schrieb ich ab, ohne daß ich lange wählte, denn die Form der Strophen war glatt und volltönend. Eines davon trug den Titel:

›Was nennt ihr groß?!‹

Es schien gegen Napoleon oder den Feldherrenkult im allgemeinen gemünzt zu sein. Aber nicht wegen seiner pazifistischen Gesinnung, für die ich niemals Verständnis gehabt habe, gefiel es mir, sondern wegen seines Vollklangs. Auch hatte das Gedicht einen überredenden Beigeschmack, etwas, das auch in Adlers ›Friedrich‹ zu verspüren war. Vielleicht rechnete ich mit dieser Verwandtschaft. Von den vielen Strophen ist mir eine im Gedächtnis geblieben. Sie lautet:

Was nennt ihr groß?
Das Haupt bekränzt mit schnöden Mördertaten,
Zerstampfen rings die wilddurchwogten Saaten,
Die golden brechen aus der Erde Schoß,
Das nennt ihr groß!?

Dieses Gedicht, das ich unbedenklich vortrug, wirkte auf Schulhof, Faltin und Ressl mit schlagender Kraft. Schulhof lernte sofort ein paar Strophen auswendig.

Bland war ganz betroffen und meinte:

„Es hört sich an, als wär's nicht in unserer Zeit geschrieben."

Auch Adler hörte es mit achtungsvoller Verwunderung:

„Du hast eine sehr musikalische Sprache. Vielleicht kommt das daher, weil du aus Wien bist ..."

Er schien bisher nichts von mir gehalten zu haben. Denn er zerbrach sich sichtlich den Kopf über mein Talent. Nach einer Weile wandte er sich wieder an mich:

„Sag mir eines! Was gehen dich diese Dinge an, die du gedichtet hast? Krieg und Napoleon!? Ich habe mir nicht gedacht, daß du dich dafür interessieren könntest ..."

War das wieder die Überheblichkeit, die ich immer zu spüren vermeinte? Nein! Ich glaube, es war ein tiefes Zartgefühl für verletzte Wahrheit. Adler zweifelte gewiß nicht an der Echtheit des Poems, und doch hatte er gefühlt, daß etwas damit nicht stimmte. Wieder mußte ich erfahren, wie hoch dieser unscheinbare Knabe, diese unbestechliche Seele, über mir stand. Jetzt steckte mir das Bewußtsein meines Schwindels in der Kehle.

Durch dieses Plagiat aber hatte ich mir mit einem Mal eine geachtete Stellung unter meinen Kameraden verschafft. Ihr Verhalten gegen mich war wie ausgewechselt. Wenn ich jetzt bei Prüfungen Böcke schoß und Unsinn von mir gab, so war es etwas anderes als früher; der Unsinn wurde dadurch gerechtfertigt, daß er aus der Zerstreutheit eines Dichterhirns getreten war.

So hatte ich es einer ehrlosen Handlung zu verdanken, daß ich im Ansehn emporstieg und mich wohl zu fühlen begann.

Die beiden Frauen, bei denen ich lebte, ließen mir jede Freiheit. Ich durfte zum Beispiel, an welchem Abend ich nur wollte, ins Theater gehn. Diese Erlaubnis nützte ich schrankenlos aus. Aus jener Zeit ist mir die Theatersucht geblieben, die mich noch heute treibt, so manchen Abend zu verschwenden. Ich habe nämlich nur ein mäßiges Interesse für Schauspieler, Sänger, Komödien und Opern. Die Bühne selbst langweilt mich zumeist. Aber das Betreten des Zuschauerraums, das Rauschen der Menge, die unverbindliche Lockung der Frauen, das Promenieren in den Pausen, all dies übt den gleichen schmachtenden Reiz auf mich aus wie in der Jugend, da das Leben noch unerreichbar war. Vor einem Jahr überfiel mich im Foyer eines kleinen Pariser Theaters dieser Lebensrausch mit ungemeiner Kraft. Ich verließ das Haus, denn meine Trunkenheit war bitter von Reue ...

Schulhof, Faltin und ich stellten uns schon zu früher Stunde bei den Kassen der Theater an, denn es gehörte eine eigene Strategie dazu, auf der Galerie oder im Stehparterre einen guten Platz zu erobern.

Faltin war hier in seinem Element. Er wußte alles. Nicht nur hatte er in seinem kurzen Leben jede Oper, jedes Schauspiel schon gehört, er kannte auch haargenau die Verhältnisse der Künstler, den Klatsch der Garderoben. Obgleich seine Eltern unbemittelt waren und er selber keine musikalische Gabe besaß, erbettelte er sich doch die Erlaubnis, im Sommer nach Bayreuth pilgern zu dürfen. Ihn zog es nach den Mittelpunkten des Geschehns. Hier aber, in unseren städtischen Theatern, wußte er alle Damen, die in den Logen saßen, mit Namen zu nennen; er stellte trotz mangelnden Gehörs fest, daß der Tenor seine Arie hinunter transponiert habe, daß die Sopranistin einen ›glasigen‹ Ansatz zeige. Schulhof wiederum kopierte alle Schauspieler und konnte ganze Passagen aus den ödesten französischen Komödien auswendig hersagen. Ich sehe ihn, wie er auf dem Korridor vor unserm Klassenzimmer steht, das ungelöste Deckglas einer Taschenuhr ins Auge klemmt und sich sarkastisch gegen Faltin verneigt: ›Eilen Sie, Marquis! Versuchen Sie Ihr Glück! Wer weiß, ob Frau von Blainville später in der Lage sein wird, Sie zu empfangen ...‹

Diese Theatergänge gaben mir die Idee ein, wir sollten in unserer Klasse einen dramatischen Verein, einen Lesezirkel gründen, um die großen Dramen der Literatur mit verteilten Rollen zu rezitieren.

Derartige Ideen tauchen in jeder Sexta jedes Gymnasiums auf. In diesem Falle aber hatte ich, der Fremdling zu Sankt Nikolaus, sie als erster ausgesprochen.

Burda griff die Sache sofort auf und befragte Adler.

Dieser befahl uns wiederum in Blands Wohnung. Dort vollzogen wir – Adler, Bland, Schulhof, Faltin, Ressl und ich – die Gründung des dramatischen Vereins. Wir besprachen in hitzigem Eifer Ziel und Richtlinien des Zirkels und legten die Formen fest, in denen unsere Versammlungen vor sich gehen sollten.

Adler blieb merkwürdig ruhig, während ich glühte. Ja, ich fühlte meine Kräfte. Nun war ich legitimiert und eingebürgert. Aus dem Mißachteten, dem Zugewanderten hatte sich ein mehr als brauchbares Mitglied der Klassengesellschaft entpuppt. Wie liebte ich schon diesen Lesezirkel! Zwei- oder dreimal im Jahre sollte er mit großen Leistungen hervortreten! Dann würden wir die ganze Klasse einladen, die staunende Fußballmannschaft, ja vielleicht sogar unsere Nachbarklassen noch, und so binnen kurzer Frist das ganze Gymnasium von Sankt Nikolaus uns unterwerfen ...

Vielleicht tat ich im Vollgefühl meines Sieges an diesem Nachmittag des Guten zu viel. Adler war kalt geblieben.

Auf dem Heimweg – es waren dieselben Straßenzeilen, auf denen ich noch heute tagtäglich zu Gericht gehe – war ich mit ihm allein. Noch immer entwickelte ich mit Fanatismus neue Einzelheiten unseres Vereins, schlug ›Die Räuber‹ als erstes Werk der Darbietung vor und traf sogar die Rollenbesetzung, bei der ich mir den Franz Moor zuschanzte.

Da machte Adler halt. Es war ein schmutziggrauer Winterabend. Er trug einen dünnen Rock und schien zu frieren. Sein Gesicht war blaß. Vielleicht bedachte er gar nicht, was er sagte. Er reckte sich hoch:

„Was willst du eigentlich? So viel Platz kommt dir gar nicht zu. Sei froh, daß du überhaupt mittun darfst, und warte auf die Rolle, die man dir zuweisen wird.“

Mit diesen Worten hatte ein Führer die Anmaßung des Untergebenen zurückgewiesen, der seiner Würde allzu nahe trat.

Und doch, diese Worte waren Adlers *Schuld*, mehr, sie waren sein *Schicksal*, denn sie entfesselten den Teufel in mir. Es klingt unsinnig, aber ich ahne es, ja diese Ahnung brennt mit scharfem Feuer jetzt, hätte Adler diesen *einzigen* Satz nicht ausgesprochen, er wäre heute nicht als Gescheiterter vor mir gestanden.

Ich brachte kein Wort heraus, lief davon. Ganz verweint kam ich zum Abendessen. Meine Tanten waren entsetzt über mein Aussehn. Die Beleidigung, das Unrecht hatte mich ins Mark getroffen. Der Lesezirkel war ja meine

Schöpfung, der erste gelungene Versuch, in einer fremden Welt Boden zu fassen. Ich erwog, ob ich nicht mitten im Schuljahr das Gymnasium wechseln könnte.

In der Nacht erlitt ich den Anfall einer wüsten, qualvollen Leidenschaft, die ich noch nicht kannte. Ich glaube, es muß Rachsucht gewesen sein, denn ich bin rachsüchtig. Am Morgen war ich müde und ruhig. Die Beleidigungswunde schmerzte nicht mehr.

Ich meldete Burda sofort meinen Austritt aus dem frischgegründeten Zirkel.

Meine Stellung unter den Kameraden war schon so sehr gefestigt, daß die Abmeldung starke Wirkung übte und mir neuen Respekt eintrug. Die Knaben baten mich inständig, meinen Entschluß zurückzunehmen. Ich blieb hart: Gerne könne ich darauf verzichten, eine untergeordnete Rolle nur deshalb zu spielen, weil ich erst einige Monate mit ihnen bekannt sei. Im Übrigen sollten sie meine Idee und meinen Organisationsplan, die schließlich mir und keinem andern eingefallen wären, ruhig zum Geschenk annehmen ...

Daraufhin geschah mehrere Tage nichts anderes, als daß Burda, Adler und Bland auffällig oft die Köpfe zusammensteckten.

Zu Beginn der nächsten Woche aber kam Burda zu mir ins Haus und schlug vor, ich solle das Amt eines Schriftführers in dem Verein übernehmen. Präsident müsse selbstverständlich Adler sein. Es war klar, daß Bland auf diese Würde, die einzig ihm allein zustand, verzichtet hatte, um mich zu versöhnen und wieder zu gewinnen. Das war sehr viel, das war eine hohe Ehre und ein Triumph! Ich widerstand nicht mehr.

Der Lesezirkel wurde zur Tat. Wir kamen jetzt allwöchentlich zusammen und nicht nur in Blands Zimmer. Jedes Mitgliedstellte nach Möglichkeit im Turnus seinen Wohnraum zur Verfügung. Es begann, wie ich's vorgeschlagen, mit den ›Räubern‹. Niemand machte mir den Franz streitig, da Schulhof auf den jugendlichen Helden Karl nicht verzichtet hätte. Wir saßen nicht an einem Tisch, sondern vollführten mit dem Buche in der Hand geräuschvolle Aktionen. Adler gab sich damit zufrieden, alle kleineren Rollen im Stück zu übernehmen. Ressl war ausersehen, die Frauen darzustellen, weil er hellblonde Haare, eine weiße Haut hatte und üppig aussah. Ich erhitzte mein Temperament künstlich. Oft gab ich, ehe wir uns Schiller zuwandten, Gedichte zum besten. Justus Frey war unerschöpflich. Adler selbst war in diesen Stunden seltsam unbelebt. Vielleicht stieß ihn unser Treiben ab. Er sah aus wie ein Mensch, der eine körperliche Verwandlung durchmacht. Ich vermied es, mit ihm allein zu sein.

Wie lang, wie reich sind doch Knabentage!

Während langer und reicher Knabentage glaubte ich die schwere Beleidigung, die mir Adler zugefügt hatte, vergessen zu haben. Das heißt, ich dachte nicht mehr an sie. Aber in meiner Natur hämmerten die überheblichen Worte weiter und wurden zu einer häßlichen Kraft, die an den Tag treten wollte. Dies geschah unversehens. Noch heute geht es mir so: Ich bin nachträgerisch, ohne es zu wissen. Plötzlich, mich selbst überraschend, springt es dann hervor, was sich im innern Dunkel oft jahrelang gebildet hat. Und, wäre ich nicht nachträgerisch, würde ich mir dann heute diese Geschichte selbst nachtragen!?

Wochen vergingen.

In der Turnriege war, wie ich bereits sagte, Adler mein Nebenmann. Ich hatte in Wien schon für keinen üblen Turner gegolten. Hier, bei Sankt Nikolaus, wo es so viel Geistige und Bücherwürmer gab, fiel ich sogar aus dem Rahmen des Gewohnten heraus. Der Überwertung des Geistes bei einem Teil meiner Mitschüler und ihrer Geringschätzung des Turnens war es zuzuschreiben, daß man Adler in diesen Stunden unbeachtet ließ. Sein riesiger Kopf mit der scharfen Brille, sein matter Hals, sein schmaler aber saftloser Körper (wir turnten im Hemd), seine Beine, die sich steif fortbewegten, dies alles bot keinen erfreulichen Anblick für ein Turnerherz. Niemand aber machte sich über diese Erscheinung Gedanken, die an einer Stätte körperlicher Tüchtigkeit verletzend wirkte. So und nicht anders sah eben die leibliche Gestalt eines überragenden Geistmenschen aus. Selbst der straffe Turnlehrer nahm dies wortlos hin. Was sollte er tun? Adler war Adler!

Einmal – wir standen schon im zweiten Semester dieses Jahres – waren wir beim Barren angetreten, um jene Übung auszuführen, die man die ›Schere‹ nennt. Es ist dies ein simples Kunststück, das mit ein wenig Geschick jedes Kind zustande bringt. Im Vollschwung muß man sich herumwerfen und zugleich in die Grätsche gehn.

Ich hatte meine Schere mit elegantem Schwung vollführt.

Jetzt kam Adler daran. Langsam, mit vorwärtszagenden Beinen, trat er an das Gerät. In Gedanken ließ er den schweren Kopf hängen. Es war ein absonderliches Bild. Alles sah gespannt hin. Er zog sich mit Mühe auf und blieb in Stütze. Nun schloß er die Augen, jenes feierliche Starren breitete sich über sein Gesicht, der Mund stülpte sich vor, und während sein Oberkörper hilflos steif blieb, begannen die Beine, als hingen sie lose in Scharnieren, auf unnachahmliche Weise zu schwingen.

Alles blieb ernst.

Auch ich hätte in diesem Augenblick meinen Lachreiz wie schon so oft beherrschen können. Aber es kam wie ein Rausch über mich. Ich sah den immer

Überlegenen in seiner Armseligkeit. Jetzt, jetzt *wollte* ich mich nicht beherrschen. Ein Lachkrampf, der Teufel, fuhr aus meiner Kehle.

Zuerst sahen mich die Schüler erstaunt an.

Dann aber begannen die Mitglieder des Fußballklubs, die guten Turner, einer nach dem andern, in mein Lachen einzustimmen, erst zaghaft, später immer voller und höhnischer. Auch in ihren Herzen brannte Rachsucht gegen den Geist. Der Teufel in meinem Lachen wirkte suggestiv. Jetzt lachten alle. Selbst Bland konnte sich nicht entziehen. Es ist mir so, als wäre damals nur Komarek, der wilde Mensch, still geblieben.

Zuletzt sagte unser Turnlehrer, der schadenfroh übers ganze Gesicht grinste:

„Wissen Sie, Adler, da kann wirklich kein Mensch den Ernst bewahren!"

Nach diesen Worten erhob sich eines jener hysterisch-grausamen Lachgewitter, ein gellender Hohnschrei, wie ihn nur eine Schulklasse auszustoßen vermag.

Der Lehrer befahl, indem er einer lange gebändigten Bosheit freien Lauf ließ:

„Versuchen Sie's noch einmal, Adler!"

Und Adler, von immer neuen Lachsalven umknattert, brachte seine hilflosen Beine in Schwung, machte verzweifelte Bewegungen, taumelte auf dem Gerät hin und her und ließ sich endlich, da ihm der Turnlehrer nicht zu Hilfe kam, erschöpft niederfallen.

Als er in die Reihe zurücktrat, war das Gelächter erloschen. Aber alles wandte sich von ihm ab, und wie aus Verlegenheit sprach niemand ein Wort mit ihm.

Die Stunde war zu Ende.

Wir hatten uns in der Garderobe des Turnsaals angekleidet, um das Schulhaus zu verlassen. Da winkte mir Adler. Seine Stirne wies große rote Flecken auf.

„Schäm dich", sagte er.

„Warum soll ich mich schämen? Vielleicht, weil du ein Patzer bist?"

Er kam auf mich zu, ganz dicht. Seine Augen waren fest geschlossen. Und dann umfingen wir uns zum Kampf. Es war ein langes, ein inbrünstiges Ringen. Alle Wunden aller Erniedrigungen in mir brachen auf und wurden Kraft. Und ich brauchte diese Kraft. Denn auch Adler entwickelte wilde, überraschende Kräfte. Am Gerät hatte er vorhin versagt. Aber hier, dem Menschen gegenüber, wußte er, um was es ging. Wie sehr hatte ich diesen Körper unterschätzt! Muskeln und Sehnen strafften sich. Die Leidenschaft gab ihm Geschick und gute Griffe.

Adler preßte meinen Brustkasten zusammen, daß mir die Luft ausging. Oft glaubte ich schon, verloren zu sein. Niemals vergesse ich diesen gewaltigen schweigsamen Kampf. Es ging um unsere Existenz. Weh mir, wenn mich Adler auch körperlich besiegte! Niemand trennte uns. Alle schienen zu spüren, daß hier keine gewöhnliche Bubenrauferei vor sich gehe, daß hier ums Leben gerungen werde. Totenstill umgab uns der Kreis der Zuschauer. Schon konnte mein Herz kaum weiter, der Schweiß näßte mein Hemd, ich wurde schwach. Adlers Stirn war trocken. Er kämpfte gleichmäßig. Aus der Tiefe wuchsen seine Kräfte. Nur die wilden Atemstöße pfiffen. Jetzt erwischte er meinen Hals und begann mich zu würgen. Dadurch bekam ich im letzten Augenblick den Untergriff und warf ihn mit meiner ganzen Wucht zu Boden. Noch einmal bäumte er sich auf. Doch ich, von einem namenlosen Genuß durchschüttert, drückte seine Schultern nieder und kniete auf seiner Brust.

Ich, der Sieger, erhob mich.

Adler blieb noch eine Weile lang schlaff liegen, dann stand auch er auf.

Niemand sprach etwas. Die meisten taten so, als wäre hier keine Feindschaft ausgetragen worden, sondern nur ein sportlicher Ringkampf.

Ich reichte Adler ernst die Hand. Er nahm sie. Wir gingen mit einem gemurmelten ›Servus‹ auseinander. In diesem Moment war es mir, als hätte ich ihn lieb.

Auf der Straße stieß ich auf Komarek. Er nahm die Hände nicht aus den Taschen:

„Ich hab mir gleich gedacht, daß du ein gemeiner Kerl bist ..."

Ich hörte den Schimpf wohl, aber bemerkte ihn nicht und ging, pfeifend, weiter.

Am nächsten Morgen, in der Homerstunde, geschah es das erstemal, daß Adler vollkommen versagte. Als er zum Übersetzen aufgerufen wurde, machte er den Mund nicht auf. Kio ging stumm zweimal auf und ab. Dann grollte er:

„Was ist mit Ihnen, Adler? Sind Sie krank oder nicht ausgeschlafen?"

Er zeigte aber Nachsicht und rief einen andern vor.

An diesem Tage begleitete ich Adler nach Hause. Zum erstenmal schlug ein großes philosophisches Gespräch sein Band um uns. Wir waren einander näher gekommen.

Etwas hatte sich entschieden ...

Viertes Kapitel

Was hatte sich entschieden? Was war geschehen?

Heute weiß ich die Antwort. Ein Werk der Vernichtung hatte begonnen. Mit meinem Lachen, mit dem Ringkampf, in dem ich Sieger geblieben war, hatte es begonnen, um nach fünfundzwanzig Jahren im Untersuchungsgefängnis zu enden. Wahrlich, ein langes, ein geheimnisvolles Vernichtungswerk, von dem ich selber nichts ahnte, dessen Herr ich nicht war.

Wenn auch hundert vernünftige Stimmen in mir zweifeln, daß es so ist, wie es ist, mir liegt ein Druck auf der Brust, und ich schreibe. Ich sehe, daß meine Hand schon das sechste Blatt mit flitzenden Stenogrammen bedeckt. Wie sinnlos!

Dabei weiß ich gar nicht, ob meine fliegende Hand wirklich das niederschreibt, was die Erinnerung in mir denkt.

Es ist drei Uhr früh. Ich bin nicht müde. Ich bin frisch wie selten, aber dennoch so sonderbar bewußtlos. Diese Bewußtlosigkeit macht meinen Geist schweben. Ich brauche für einen mittelmäßigen Brief manchmal eine volle Stunde. Jetzt aber trabt es vor meinen Augen dahin, lange Reiterscharen von ungestalten, vielfarbigen Dingen. Ja, es reitet, es trabt vor mir dahin wie zu federnder Militärmusik.

Drei Uhr! Heute ist Sonntag. Ein langer, langer Sonntag ...

Bald zeigte es sich, was geschehen war. Ein allmählicher Übergang fehlte.

Seit jenem Lachen und jenem Zweikampf lachte ich selbst nicht mehr über Adler. Im Gegenteil! Ich suchte sein Vertrauen. Er hatte seine belehrende Haltung mir gegenüber aufgegeben. Ich lachte nicht mehr, aber andere lachten. Schon in der nächsten Turnstunde begann es, als Adler am Reck die Sitzwelle auszuführen hatte. Und aus dem Turnsaal wanderte es bald ins Klassenzimmer ...

Mein Lachen war aufgegangen wie eine Saat. In vielen Kehlen keimte es nun. Diesem plötzlichen Gelächter war es gelungen, Adlers Autorität, der sich selbst der stramme Turnlehrer gebeugt hatte, zu zerstören. Es hatte wie durch Zauberei die Ehrfurcht vernichtet, die man überragender Geistigkeit zollte, und das Wohlwollen aufgekündigt, das selbst Knaben einem ungeschickten Körper zubilligen.

Die Mitglieder des Sportklubs, denen Adler die ›Seele‹ geschenkt hatte, nahmen jede Gelegenheit wahr, sich im Auslachen hervorzutun. Sie warfen triumphierend die Fremdherrschaft des Intellekts ab. Aber auch Ressl, Schulhof und Faltin waren unsicher geworden, selbst Burda, alle, bis vielleicht auf Bland. Wenige Knabenwochen genügten, um das Verhältnis der Klasse zu Adler von Grund auf zu verändern.

Die alte Bewunderung der Seinen war natürlich noch nicht verschwunden, aber von einem gutmütigen Spott überspült. Die lächerlichen Eigenschaften des Hochbegabten lagen ja klar zu Tage. Man war überzeugt, daß man sie immer gesehen hatte. Nicht nur sein körperliches Ungeschick war mit einem Male ein Gegenstand des Vergnügens geworden, auch seine Sprechart, ja selbst die tiefsinnig-umschweifenden Antworten, die einst seinem Ruhme gedient hatten, fingen an belustigend zu wirken.

Steht dieser Satz nicht irgendwo in den Evangelien? „Wer aber zu seinem Bruder sagt: Du Narr, der sei des höllischen Feuers schuldig!"

Immer deutlicher hörbar ward in der Sexta des Nikolausgymnasiums das Wort: Du Narr.

Ich lachte nicht. Aber Schulhof, Ressl und andere lachten, wenn Kio mit einer plötzlichen Frage Adler aus seinem feierlichen Starren weckte und dieser steif-stammelnd seine Gedanken in Worte zu kleiden suchte. Auch auf Kio schien die neue Strömung übergesprungen zu sein. Früher hatte er dem Sinn von Adlers Antworten nachgespürt und sie in seine eigene Sprache übersetzt. Jetzt aber, durch das Gelächter der Schüler betroffen und zornig, schrie er Adler an: „Was nehmen Sie hier für einen Galimathias vor? Ich glaube, es ist eine Verhöhnung meiner Person!"

Das Gelächter aber schwoll, von Kios Komik genährt, nur noch stärker an.

Hätte Adler jetzt Widerstand geleistet, hätte er sich gegen das Lachen gewehrt, in den Tagen der Gefahr die Zügel angezogen, daheim gelernt und der Klasse den Meister gezeigt, er wäre ohne Zweifel gerettet gewesen. Aber dies war es ja. Adler schien vollkommen gelähmt zu sein, er schien in dem Ringkampf, wo er seine Kräfte so sehr überspannt hatte, sich selbst verloren zu haben. Er ließ sich zum Bettler machen, ohne die Hand zu rühren. Noch heute verstehe ich es nicht. Niemals sah ich einen wehrloseren Menschen als ihn. Aber er hielt nicht nur still sein Haupt dem wachsenden Hohne hin, das Schrecklichste war etwas anderes.

Einmal, als er wieder eine seiner mystisch-verworrenen Antworten gestottert und Kio ihn in die Bank gejagt hatte, brach er selber in Lachen aus. Es war ein grauenhaftes Lachen, dessen Eindruck nicht wiederzugeben ist. Sein Gesicht wurde tief rot, die Augen blinzelten, der Mund kräuselte sich, als wisse er endlich das rechte Wort und könne es nicht sagen. Er machte seinen Verbeugungsruck gegen den Klassenvorstand hin und stolperte mit blindem Körper vom Katheder. Als er das leise Kichern hörte, das ihm entgegenkroch, prustete er plötzlich los.

In diesem Lachen lag mehr als Selbstironie, es lag Selbstmord darin. Es war *mein* Lachen, mit dem ich ihn verdorben hatte. Mein rachsüchtiges Lachen war in seiner Seele stecken geblieben wie ein vergifteter Pfeil mit scharfem Widerhaken. Mit diesem krampfhaften Lachen zerstörte er von Stund an sich selbst. Nicht nur die andern, auch er war von sich selber abgefallen.

Solange der Glaube seiner Gefolgschaft ihn getragen hatte, war er stark und hochgemut gewesen. Und jetzt, da der Glaube dem ersten Angriff wich, stürzte seine Kraft zusammen? Wie war das? Ruhte die Kraft dessen, der das Drama Friedrichs geschrieben hatte, auf dem Glauben von Jüngern? Machte die äußere Verneinung die innere in ihm frei, die der Fluch allen Geistes ist? Müßige Erklärungen! Es war ein rätselhafter Ablauf. Ich verstehe ihn nicht.

Adlers Zwangslachen aber dürfte Erziehern, Ärzten, Richtern wohl bekannt sein.

Der Niedergang begann. Einer nach dem andern wandten sich die Lehrer von Adler ab.

Kios große Schwäche war sein schmerzhaftes Mißtrauen. Da nun bei Adlers Prüfungen immer gelacht wurde, bildete er sich ein, der Geprüfte treibe Possen, um die Klasse zu erheitern. ›Nichtachtung seiner Person‹ aber war das, was er am wenigsten verzieh. Ich glaube, daß der Geschichtslehrer Wojwode am längsten zu Adler stand.

Nicht mein Verdienst, sondern mein Schicksal wollte es, daß gleichzeitig mit Adlers beginnendem Niedergang sich meine Waagschale hob. Man hielt mich jetzt für nachlässig, aber begabt.

Mit Hilfe von Justus Freys Poesie stieg mein Ansehen auch im dramatischen Verein von Tag zu Tag. Ich wagte es schon, unter die Plagiate auch eigene Dichtungen einzuschmuggeln. Mein Kredit war so unbezweifelt, daß sich niemand über den Unterschied Rechenschaft gab. Ich war die leitende Person des Zirkels geworden. Burda begann von mir zu schwärmen, wie er früher von dem andern geschwärmt hatte.

Sehr schnell schien sich die Klasse und Adler an den neuen Zustand zu gewöhnen. Bald dachte niemand mehr daran, daß es einmal anders gewesen war. Unsere Gesellschaft schloß sich eng aneinander. Still saß Adler unter uns, aber nicht mehr als primus inter pares. Da wir immer zusammensteckten, konnten wir die Verwandlung wohl gar nicht bemerken, die mit Adler vorgegangen war. Es wäre dumm, zu meinen, sie sei mein Werk allein gewesen. Innere Ursachen hatten vorgearbeitet. Aber ich war es, der in entscheidender Stunde in dieses Fatum eingegriffen hatte. Ohne mich wäre Adler vielleicht ein ... Unsinn!

Das Ende des Semesters und des Jahres war da. Wir beide trugen Zeugnisse davon, die sich aufs Haar glichen. Meines war weit günstiger als das letzte. Adler dagegen war um viele Punkte zurückgegangen. Bei der Zeugnisverteilung und Kritik, die der Klassenvorstand am Ende des Schuljahres abzuhalten pflegt, schüttelte Kio den Kopf:

„Adler! Was haben Sie in den letzten Monaten getrieben? Der Lehrkörper erkennt Sie nicht wieder. Nehmen Sie sich gefälligst nach den Ferien zusammen. Lassen Sie sich warnen! Ich sehe hinter Ihnen die Nemesis lauern."

Dies sagte er, und ich kann den Wortlaut mit gutem Gewissen beschwören, denn alles ist lebendig.

Nach einigen Wochen, die den letzten Rest vom Wissen um die Ursachen fortgespült hatten, fanden wir uns wieder bei Sankt Nikolaus zusammen, nunmehr siebzehnjährig. Das längste, das entscheidendste Jahr meines Lebens brach an.

Ich bin nicht der geworden, der ich damals hätte werden können. Ich habe mich bei Zeiten untergestellt. Der Bock aber wird in die Wüste gestoßen. Agnus dei, qui tollit peccata mundi!

Ich war es, der in der siebenten Klasse des Gymnasiums das Schwänzen einführte.

Nicht aus Angst vor Prüfungen geschah dies, nicht um der Langeweile der Schulstunden zu entgehen, sondern aus einem plötzlich erwachten Drang, die Ordnung der Welt zu durchbrechen. Während Fischer Robert sein Wissen in vorschriftsmäßigen Melodien herunterleierte, während Komarek August den Schimpf der Professoren ertragen mußte, während die Stumpfen gedankenlos, tatlos über ihren Büchern dämmerten, wollte ich unter Gefahren frei sein, an den Rändern der Stadt umherschweifen, in Kneipen hocken und das Abenteuer des Lebens erwarten.

Es war – ich behaupte nicht zu viel – ein krimineller Trieb, der mich damals beherrschte. Ich hatte im Vorjahr, in den ersten Monaten meiner Mitschülerschaft, die Wirkung des Genialen auf Menschen erlebt. Wenn es mir auch gelungen ist, durch die häßliche Kraft, die in mir entstand, diese Wirkung zu zerstören, so hatte ich ihr doch nichts entgegenzusetzen, denn ich bin nur ein gewöhnlicher Mensch. Aber auch ich mußte, um vor mir selber zu bestehn, etwas Außerordentliches erfinden oder anregen. Ging es nicht von oben – Plagiat blieb doch immer Plagiat für mich –, sollte es von unten gehn.

Ich verführte zu allererst Ressl und Schulhof. Später schloß sich uns Faltin an und Adler. Fallweise stießen auch andere hinzu. Wie ich im Vorjahre den Lesezirkel organisiert hatte, so entwarf ich jetzt ein wohldurchdachtes Statut des Schwänzens. Für jede versäumte Schulstunde mußte man von daheim ein unterfertigtes Entschuldigungszeugnis erbringen. Die Unterschrift meiner guten Tante Aurelie zu fälschen, fiel mir nicht schwer. Ich besorgte aber diese Fälschungen auch für die andern in täuschendster Weise. Bald saßen mir die Namenszüge so mancher Väter und Mütter im schwungvollen Handgelenk. Ich hatte es so eingerichtet, daß Burda nach Schulschluß uns an bestimmten verschwörerstillen Punkten der Stadt aufsuchte (es waren zumeist Durchhäuser), um uns über die Vorgänge der Klasse Bericht zu erstatten, ob jemand Verdacht geschöpft habe oder alles in Ordnung sei. Burda war unser heimlicher Botschafter. Er selbst wagte es nicht, zu schwänzen. Uns aber bewunderte er um dieser Kühnheit willen wie Helden. Ganz bleich und schreckerfüllt war sein sanftes Gesicht, wenn er uns Ausbrecher in den Schlupfwinkeln aufsuchte. All dies erhöhte die verwegene Romantik der langen Tage.

Wir trafen uns um acht Uhr früh an entlegenen Orten, die wir, weil es sich so gehörte, auf vielen Umwegen mit den sinnlosesten Linien der Straßenbahn erreichten. Wir durchstreiften erregt die Vorstädte, kehrten in finster-bierduftenden Wirtschaften ein, die uns verrucht erschienen, spielten Billard, tranken Schnaps und hielten Weltuntergangs-Reden. Die Dekadentenliteratur der damaligen Zeit, die uns Bland vermittelt hatte, dürfte an unseren Exzessen mitschuldig gewesen sein. Ich erinnere mich an den höllischen Stolz, mit dem ich den Satz aussprach:

„Kinder! Jetzt sind wir verkommen ..."

So bewies ich meinen Kameraden tagtäglich, daß ich ein Führer zum Außerordentlichen geworden war.

Ich weiß nicht mehr genau, wann ich das erstemal die lüsterne Grausamkeit in meiner Seele verspürt habe, die mich zwang, Adler zu quälen. Ich glaube, es begann mit dem Alkohol.

Mich befreit der Wein wie alle von Natur Schwermütigen, mich stachelt er auf, mich hebt er empor. Auf Adler hingegen wirkte der Alkohol ganz anders. Zuerst schien er einen tiefen Ekel davor zu empfinden. Ich ließ die Bemerkung fallen, daß auf der Universität ein Student, der ein Schnapsglas nicht einfach hinunterstürzen könne, eine unmögliche Rolle spielen würde. Dann schenkte ich ihm wieder ein. Ressl, welcher über jeden Menschen persönlich gekränkt war, der einen Genuß zurückwies, unterstützte mich. Anfangs schlief Adler nach dem zweiten Glas ein. Wir weckten ihn. Er mußte noch ein drittes und viertes leeren. Da kam über ihn ein qualvoller, ja fast ein Wahnsinns-Zustand. Er stolperte in der Wirtsstube umher, schüttelte die Fäuste gegen unsichtbare Gegner, sein Gesicht krampfte sich im Schmerz zusammen. Ich beobachtete ihn gespannt. Endlich mußte der neue Ausbruch kommen! Jetzt wird er sich auf mich stürzen. Fast hätte ich das gewünscht! Adler aber sah mich gar nicht an, er tanzte umher, stieß klagende Worte aus, Anrufungen, unheimliche Verse, wie ich sie von keinem Menschen je vernommen habe. Am Ende dieser Tänze fiel er oft zu Boden. Wir wälzten uns vor Lachen und er lachte mit. An der Grenze der Bewußtlosigkeit noch lachte er sein selbstzerstörerisches Zwangslachen.

Nach zwei Wochen aber begann er sich langsam an süßen Likör zu gewöhnen.

Zur selben Zeit war in Adler eine sonderbar starke Leidenschaft groß geworden, die einzige, die ich an ihm kennen gelernt habe: Naschsucht!

Wir pflegten am Nachmittag in einer Konditorei der inneren Stadt einzukehren, die Ressl ausfindig gemacht hatte. Ressl besaß immer volle Taschen. Auch ich konnte mich nicht beklagen, denn die törichten Frauen steckten mir täglich einige Silbermünzen, am Sonntag sogar eine Banknote zu, obschon mir mein Vater nur ein spartanisches Taschengeld ordiniert hatte.

Adler besaß niemals Geld. Solange wir noch nicht ›verkommen‹ waren, solange er und der Geist noch regiert hatten, war das niemandem aufgefallen. Jetzt aber traten das Vorlesen eigener Dichtungen und der dramatische Verein zurück. Das Leben – ich nannte damals unsere Ausschweifungen ›das Leben‹ – war an der Reihe. Zum Leben aber gehörte Geld.

Adler war der Sohn einer kranken und vermögenslosen Witwe. Er sprach niemals von ihr, wie er fast nie ein Wort über seine Lebensverhältnisse und sich selbst verlor. Da sein Vater schon vor Jahren durch Selbstmord geendet hatte, stand er überdies unter der Fuchtel eines widerwärtigen Vormunds. Dieser, sein Onkel, besaß einen Tuchladen in der Hauptstraße einer großen Vorstadt. Und der Laden wartete boshaft darauf, den Dichter der Glaubenstragödie Friedrichs von Hohenstaufen als unbezahlten Kommis aufzunehmen. Adler wußte, daß bei der geringsten Verfehlung dieser Vormund ihn dem Studium entreißen und in den verhaßten Abgrund der Geschäftswelt hinabschleudern würde. Er schien den Onkel sehr zu fürchten, mit seiner Mutter aber uneinig zu sein, so daß er weder diese noch jenen um Geld bitten wollte.

Dabei befiel ihn, wenn er vor dem Ladentisch der Confiserie stand und ihm der Geruch von Schokolade, Creme, Fruchtgelee, Butterteig entgegenschlug, eine krankhafte Gier, etwas Unbezwingliches, das zu seinem langsamen, zurückgezogenen Wesen nicht paßte. Seine Hände zuckten, sein Mund schnappte. Fruchtschnitten liebte er vor allen anderen Bäckereien. Ressl und ich zahlten, was er verzehrte. Er schien diese Freigebigkeit für selbstverständlich zu halten. Eines Tages aber sagte Ressl:

„Ich weiß eigentlich nicht, Adler, wie ich dazu komme, deinen reichlichen Bedarf an Fruchtschnitten alle Tage zu decken ...“

Adler zog die Hand zurück, die schon die Gabel nach einer Süßigkeit ausgestreckt hatte.

Ressl hetzte weiter:

„Sebastian, findest du nicht auch, daß es ganz und gar nicht selbstverständlich ist, daß wir beide die Kosten tragen? Wo bleibt Adlers Gegenleistung?“

Ich nahm den Ton auf:

„Wir werden einmal stolz sein, daß wir ihm seine Fruchtschnitten haben bezahlen dürfen.“

Ressl gefiel sich:

„Aug um Aug und Zahn um Zahn! Umsonst ist der Tod und der kostet 's Leben. Gegenleistung muß sein. Du bist doch ganz meiner Meinung, Sebastian?“

„Ja, daran läßt sich nichts ändern. Gegenleistung muß sein!“

Adler hielt den leeren Teller weit von sich und sah uns gespannt an. Ressl bewahrte tiefen Ernst:

„Was für Gegenleistung bringst du in Vorschlag, Sebastian?“

Ohne nachzudenken, als wäre die Antwort nicht in meinem Hirn geboren, sondern mir ins Ohr geflüstert, sagte ich leichthin:

„Du kaufst ihm eine Fruchtschnitte, Ressl ... Als Gegenleistung soll er vor dir niederknien ...“

Ressl ist ein Mensch ohne Nerven. Mein Vorschlag amüsierte ihn höchlich. Er gröhlte:

„Du bist ein harter Sieger, Sebastian! Eine Fruchtschnitte ist viel zu wenig! Adler, knie nieder, dann bekommst du drei Fruchtschnitten!“

Adler sah uns noch eine ganze Weile lang gespannt an, dann stellte er langsam den Teller hin und verließ mit seinen steifen Schritten den Raum.

Andern Tags wußte ich es so einzurichten, daß ich mit Adler die Konditorei gegen Abend allein betrat. Außer der Verkäuferin war im Laden kein Mensch anwesend.

Schweigend verzehrte ich zwei Fruchtschnitten, obgleich ich sie vor Aufregung und Widerwillen kaum hinunterwürgen konnte. Schweigsam auch stand Adler hinter mir und sah zu. Ich wartete noch eine Weile. Dann wandte ich mich um:

„Willst du?“

Er nahm Teller und Gabel vom Bord.

Ich war mutlos gewesen, doch diese rasche Bewegung erleichterte mir die Gemeinheit:

„Gut! Aber vorher knie nieder!“

Und wirklich, was ich nicht erwartet, ja nicht einmal gewollt hatte, geschah. Adler streckte den Teller wie eine Opferschale weit von sich und kniete nieder. Die Verkäuferin riß die Augen auf. Adler aber kniete nicht vor mir, sondern gegen die Wand gekehrt, wo in Glaskasten Schokoladefiguren sich häuften. Rasch legte ich die Schnitten auf seinen Teller. Er stand auf, er begann zu essen. Doch nach dem zweiten Bissen schon hörte er auf zu kauen, versank in Nachdenken und stellte den Teller hin.

Ich zahlte, machte einen lauten Scherz, der diese ernste Szene ins Heiter-Lausbübische ziehen sollte, und verließ den Erniedrigten so schnell wie möglich. Als ich allein war, wurde mir bange. Ihm nach, um Verzeihung bitten! Nein! Das Menschengewühl trieb mich ab. Ich haßte mich, wie ich mich jetzt hasse. In dieser Anwandlung schwor ich mir, meinen Hang zur Grausamkeit gegen Adler künftig zu beherrschen.

Es kam anders.

Ressl hatte einen älteren Bruder, der in München als Bildhauer lebte. Was Fritz Ressl von diesem ästhetischen jungen Mann erzählte, rief unsere lebhafte Bewunderung hervor. Er besaß – wenn der jüngere Bruder nicht aufschnitt – ein märchenhaftes Atelier, voll der erlesensten Schätze, eine berühmte Sammlung altorientalischer Lampen, die in der Nacht ihr dumpfes Zauberlicht über den Raum ergossen, in dessen Wand zum Überfluß noch eine Orgel eingebaut war. Dieser Ewald Ressl behauptete ein Adept der geheimen Weltkräfte zu sein.

Zu Weihnachten hatte er seine Eltern besucht und bei dieser Gelegenheit die Seuche eingeschleppt, oder zumindest das, was in unserm wirren, wahnbetörten Knabentreiben zur Seuche wurde. Ewald Ressl war es, der, als er uns im Zimmer seines Bruders kennenlernte, von Adler gesagt hatte:

„Hinter dem Jungen steckt etwas. Ich sehe einen lilagrünlichen Perisprit um seinen Kopf. Er dürfte wohl medial begabt sein.“

Daraufhin brachte er uns das Abc der spiritistischen Künste bei, das Tischrücken. Und siehe da, wenn Adler im magischen Kreise saß, benahm sich das Tischchen wirklich höchst sonderbar, es wurde nervös, sann auf Flucht und versuchte vom Boden sich abzustoßen.

Ich habe heute Ressl, Schulhof, Faltin wiedergesehen, Menschen ohne Zukunft, ohne Erlebnis, zweibeinige Gleichgültigkeiten Gottes, nicht anders als ich. Wer kann begreifen, daß wir dieselben sind, in der gleichen Hülse stecken wie jene Knaben von dazumal, die durch Alkohol und mystischen Unfug bis an den Rand des Wahnsinns gerieten.

Jeden Abend fast hielten wir jetzt Seancen ab.

Das tolle Wesen dieser Veranstaltungen bestand darin, daß wir alle zugleich an Geister glaubten und einandermißtrauten. Von mir wußte ich, daß ich in bestimmten Momenten, wenn auch nicht allzuoft, dem Geist im Tische nachhalf und meine eigenen in seine Worte mengte. Von den andern wußte ich nichts. Ebensowenig wie ich machten sie Geständnisse. Überdies *wünschten* wir die Existenz von Geistern. Die okkulte Welt war etwas Ungeregeltes, Verbummeltes, ›Verkommenes‹ in unsern Augen, eine Macht, die dem Reich der erwachsenen Bürger feindlich entgegenstand. Die spiritistisch ansprechbaren Irr-Seelen bildeten gleichsam die Boheme des Jenseits.

Väter, Vormunde, Tanten verlachten uns wegen des Geisterglaubens oder wiesen uns zurecht wie Aurelie, die erklärte, es sei ein gottloses Treiben.

Uns aber klopfte an solchen Abenden das Herz zum Zerspringen. Eisiges Grauen wohnte in jedem finstern Zimmer, in jedem Möbelschatten. Mit schweren Köpfen und juckenden Rückenmarksnerven drängten wir uns zusammen und diskutierten über Du Prels Lehrmeinungen oder Aksakows animistische Theorie von der Freizügigkeit noch auf Erden lebender Intelligenzen. Da hörten wir Klopflaute in der Wand des Nebenraumes. Mit einem Schrei faßten wir uns an.

Dennoch riefen wir die Toten immer wieder und pflogen mit ihnen Umgang, mit diesen neugewonnenen und verlotterten Bundesgenossen unserer Anarchie. Wenn ich auch von mir selber wußte, daß ich gern eine gute Betrugsgelegenheit zugunsten der Geisterexistenzen benützte, so geschah doch so viel Unglaubliches, Phantastisches, daß ich es noch heute der Erfindungsgabe meiner Mitschüler nicht zutrauen kann.

Adler? Ich lege meine Hand dafür ins Feuer, daß Adler nicht ein einziges Mal geschwindelt hat.

Je weiter das Jahr vorschritt, je mehr er sich durch unser Zureden ans Trinken gewöhnt hatte, je mehr wir in die spiritistische Besessenheit verfielen, um so trauriger und starrer wurde er. Diese Trauer legte sich um seinen Kopf wie eine Isolierschicht.

Er galt bei uns als Medium nach Ewald Ressls Worten. Ich glaube aber nicht, daß er mediale Eigenschaften besessen hat. Doch damals bestand ich darauf, er sei ein Medium, vielleicht nur deshalb, weil Medium etwas Passives, Trübes, Weibisches bedeutet.

Klar sehe ich jetzt die Linie, von der ich selbst nichts wußte.

Wenn Adler Medium war, so kam es mir zu, Hypnotiseur zu sein. Überlegenheit mußte immer wieder erwiesen werden. Ich erbot mich, ihn in Gegenwart der andern einzuschläfern. Er widerstrebte, er wollte auf und davon. Schulhof holte ihn zurück und drückte ihn in einen Lehnstuhl. Er mußte seine Brille abnehmen. Ich setzte mich gegenüber und starrte ihn an, indem ich all meinen Willen zusammenraffte.

Das erstemal sah ich den Grund seiner Augen. Die Brille war fort, die geröteten Lider traten zurück. Es war ein stiller und unbewegter Grund. Ich erkannte, als ich in diese grauen Augen tauchte, daß Adler seine Meinung über mich niemals verändert hatte, niemals verändern würde. Die Ruhe dieser Pupillen zeigte mir, daß ich ihm weder Achtung noch auch Haß abgetrotzt hatte. Während ich ihn aus einer Entfernung von zehn Zentimetern wie rasend anstarrte, gelang es ihm mühelos, mich zu übersehn. Ich steigerte meine Anstrengung, packte seine Hände und hielt den Atem an. Da schloß er die Augen. Er schloß sie mit einem Ausdruck von Ekel. Sein Kopf begann zu wackeln, aus seiner Brust drangen erstickte Rufe. Aber auch ich geriet in einen betäubten Zustand. Das große rote Gesicht kam mir immer näher, es verwandelte sich in die traurige Mondscheibe, es wurde zu einem fremden, glühenden Planeten, der einsam im Raume hing. Vielleicht war auch ich ein unglücklicher Stern. Aber Gott hatte *ihn* begnadet und nicht mich. Dies wußte ich jetzt und in jedem Augenblick.

Plötzlich stieß mich Adler vor die Brust, sprang auf und lief hinaus. Er mußte sich übergeben.

Wir trieben unser Unwesen zumeist in einem großen saalartigen Raum bei Ressl. Dort blieben wir bis zwei und drei Uhr morgens.

Vielleicht war bei den Worten, die wir mit den Geistern wechselten, bei den Erscheinungen, die wir zu haben glaubten, nicht alles Einbildung und Nachhilfe. Vielleicht war, wenn schon nichts Übernatürliches, so doch eine Spur, ein Atom nicht erlogener Wirklichkeit da, das erschreckt in unserm trüben Kreis umherirrte.

Es war ein unentwirrbares Durcheinander von Lüge, Glaubenswilligkeit, Schwärmerei, Zynismus und von andern Elementen noch.

Bei solchen Sitzungen tranken wir übermäßig viel. Einmal, es war schon vier Uhr früh, erschien in weißem Unterrock, weißer Nachtjacke die Gestalt einer alten Frau. Es war Ressls Großmutter, die ›Großalte‹, wie wir sie nannten, eine Dame, die ihren Sohn, den großen Textilfabrikanten Ressl, noch als armen

Handlungsgehilfen in die Welt entsandt hatte. Nun hütete sie, kopfschüttelnd, den Palast des Emporgekommenen.

Die Großalte sah als erstes, daß auf den eingelegten Glanzparketten des Saales nicht nur die Splitter kostbaren Kristalls umherlagen, sondern auch der süße Schnaps in fetten Lachen schwamm. Sie stürzte sich auf den Schaden und begann mit dem Taschentuch den Boden zu wischen und zu reiben.

„Likörflecken", jammerte sie, „die gehn nicht heraus. Durch nichts! Das ist ein Unglück!"

Dann schimpfte sie:

„Ihr Lumpen! Eure Eltern sind an allem schuld. Sie füttern euch zu gut. Wenn ihr arbeiten müßtet, würdet ihr wissen, wo Gott wohnt. So aber werdet ihr euch zu einer sauberen Menschheit auswachsen." Und sie setzte sich mitten unter uns:

„So, jetzt rühre ich mich nicht vom Fleck, bis der Letzte aus dem Haus ist."

Lachend klopfte Ressl die Zornige ab und wandte sich laut zu uns:

„Sie ist gut, die Großalte. Sie klatscht nicht ..."

Murrend äffte sie den frechen Enkel nach:

„Die Großalte, die Großalte ..."

Dennoch kamen wir immer wieder und berauschten uns an den verbotenen Geheimnissen bis in den Morgen hinein.

Eines Nachts erreichte die Tollheit den Gipfel.

Wir vier waren am Werk: Ressl, Schulhof, Adler und ich. Faltin und Burda führten Protokoll. Selbst Bland, der sich gegen übersinnliche Tatsachen ablehnend verhielt, hatte sich eingefunden.

Der Tisch tanzte schon kreischend durch den Saal, so schnell, so kreuz und quer, daß wir kaum folgen konnten.

Schulhof leitete den Vorgang. Mit feierlichem Tone fragte er:

„Ist ein Geist im Tisch? Klopfe Antwort! Ja: Einmal! Nein: Zweimal! Ich weiß nicht: Dreimal!"

Der Tisch neigte sich zitternd gegen Adler. Ein starker Aufschlag:

„Ja!"

„Bist du ein Mann oder eine Frau? Mann: Einmal! Frau: Zweimal!"

Zwei schwächere Schläge:

„Frau!"

„Gehörst du einer Verstorbenen an? Antworte!"

Lange Pause. Dann kamen drei leise zitternde Schläge:

„Ich weiß nicht ..."

Wir sahen uns an. „Vielleicht eine Sterbende", meinte Ressl.

Der Tisch klopfte ein starkes, gleichsam erlöstes:

„Ja!“

Schulhofs Stimme bebte dunkeltönend:

„Wo befindest du dich? Gib Antwort mit den Buchstaben des Alphabets! A: Einmal! B: Zweimal! C: Dreimal! Und so fort!“

Wir beugten uns lauschend über den eilig taktierenden Tisch und setzten die Buchstaben nervös zusammen. Die Antwort lautete:

„An ... der ... Grenze ...“

Mit kalter Hand streiften uns diese Worte. Das Spiel ging weiter:

„Nenne den Ort, wo du dich befindest!“

„Bahn ... hof!“

„Wo liegt der Bahnhof?“

Der Tisch zögerte, als hindere ihn eine Gegenmacht, den Ort zu bezeichnen. Dann klopfte er leise und gehetzt:

„Semlin!“

Faltin faßte das Ergebnis zusammen:

„Eine Sterbende befindet sich auf dem Bahnhof von Semlin, an der Grenze Ungarns und Serbiens.“

Ein mächtiger Schlag:

„Verstanden!“

Der Tisch begann wieder durchs Zimmer zu rasen. Es schien wirklich, als ob all unsere Kräfte nicht hinreichten, den leichten Gegenstand festzuhalten. Jetzt offenbarte er nichts anderes mehr als immer wieder das gleiche Wort:

„Beten, Beten ...“

Wir sollten für die arme Seele an der Grenze des Todes beten.

Nun lösten wir die Hände und unterbrachen für eine Weile den Strom. Burda kniete nieder und betete fromm drei Vaterunser.

Dann nahm Schulhof das Verhör des gequälten Geistes wieder auf:

„Bist du unter uns?“

„Ja!“

„Kannst du die Krankheit nennen, an der du leidest?“

Der Tisch buchstabierte:

„We ... he ...“

Schulhof fragte noch einmal. Wieder nur: „Wehe.“

Burda, der totenbleich war, stellte fest:

„Es ist die Interjektion Wehe; sie ruft gewiß Wehe über uns.“

Der Tisch wurde wütend. Er machte Anstalten, sich zu Boden zu werfen. Dann pochte er strenge das Wort:

„Kind!"

Man war ratlos. Jemand behauptete, in dem Tisch stecke ein Kobold oder Neckgeist, der nach spiritistischer Theorie den Beruf habe, die totenbeschwörenden Versammlungen hinters Licht zu führen. Ich aber war mittlerweile auf den Sinn der beiden Worte gekommen:

„Die Frau liegt in Wehen. Sie gebiert, sterbend, ein Kind."

Der Tisch stampfte erleichtert:

„Ja!"

Schulhof neigte sich zärtlich über die Platte wie über ein Krankenbett:

„Gib Antwort, ob wir dir nicht helfen können!"

„Beten, beten!"

„Wir werden beten. Aber könnte dich nichts anderes retten?"

„Ich weiß es nicht."

„Kann einer unter uns dir nicht helfen? Ich nenne dir die Namen: Ressl?"

„Nein!"

„Sebastian?"

„Nein!"

Da begann der Tisch von selber zu klopfen und nannte Adlers Namen.

Bisher hatte meine Hand an den Ergebnissen der Befragung nicht den geringsten Anteil gehabt. Jede Antwort überraschte mich. Alles konnte wahr sein. Denn wem von uns wären solche Dinge eingefallen? Ich, wie alle anderen, empfand die erschütterte Erschöpfung im Rückenmark, die für derartige Versuche charakteristisch ist. Zugleich aber durchprickelte uns eine verruchte Sensation, das taumlige Entzücken, ohne das übliche Eintrittsgeld des Todes in Gottes Geheimnisse gucken zu dürfen. Wieder hörte ich Schulhofs feierliche Stimme:

„Gib Antwort! Wodurch kann Adler dir helfen oder dich retten?"

Der Tisch forderte immer das Gleiche:

„Beten ..."

Als er aber zum zweitenmal ansetzte, um dieses Wort zu bilden, verwandelte meine Hand durch einen leichten Druck das e in ein a und das t in ein d:

„Baden!"

Es ging blitzschnell, und ich selber gab mir keine Rechenschaft über meine Fälschung und ihren Sinn. Der nächste Buchstabe, den aber nicht ich erzeugt hatte, war: F. Meine Hand fügte daraufhin eilig und unbedacht das Wort Fluß zusammen. Dann klopfte der Tisch noch zwei Worte, die von mir unabhängig waren:

„Sonne ... Osten ..." Nun stand er tot und still.

Burda verlas das Protokoll:
„Beten! Baden! Fluß! Sonne! Osten!"
Wir mußten nicht lange raten. Der Sinn klärte sich von selbst.
Um die arme Seele vom zeitlichen und ewigen Unheil zu retten, sollte Adler bei Sonnenaufgang im Flusse baden und, nach Osten gekehrt, ein Gebet verrichten.
Bland war wütend:
„Das ist ein gottverdammter Blödsinn! Ihr seid alle verrückt. Schaut, daß ihr nach Hause kommt! Und du, Adler, gehst mit mir!"
Ressl wehrte sehr ernst ab:
„Ausgeschlossen, Bland! Was hier vorgeht, wissen wir nicht! Weißt du es vielleicht? Kannst du mit einer zureichenden Erklärung dienen? Vielleicht ist es dies, vielleicht ist es jenes! Wenn aber nun wirklich eine Sterbende, eine Frau in höchster Not auf dem Bahnhof von Semlin liegt, und Adler kann ihr helfen?!"
Faltin entschied:
„Sie liegt ganz bestimmt auf dem Bahnhof von Semlin."
Ich mischte mich in die Debatte:
„Streng philosophisch, Bland! Kannst du mir streng philosophisch beweisen, daß die Frau *nicht* auf dem Bahnhof von Semlin liegt?"
Er fuhr mich an:
„Ich kann dir streng philosophisch beweisen, daß ihr alle schwachsinnig seid!"
„Du kannst es also nicht beweisen, Bland! Mehr wollte ich nicht wissen."
Bland packte Adler an:
„Tu es nicht! Denk an deinen Friedrich! In den Ferien hast du mir fest versprochen, Atheist zu bleiben."
Er sah ganz bekümmert drein bei dem Gedanken, Adler könnte diesem großen Versprechen untreu werden.
Schulhof aber machte ein verklärtes Gesicht:
„Bist du noch immer Atheist, Adler? Ich meine, wir haben eben einen Gottesbeweis erlebt!"
Adler starrte durch seine Brille Bland an:
„Nein! Ich glaube, Atheist, das ist etwas sehr Dummes ..."
Inzwischen hatte Ressl aus dem väterlichen Likörschrank zwei neue große Allaschflaschen entwendet. Ein wüstes Gelage kam in Schwang. Die Todesstunde der Wöchnerin von Semlin war der seltsame Anlaß dieser besinnungs-

losen Zecherei. Je trunkener wir wurden, um so stärker fühlten wir die Notwendigkeit, den Wunsch der Sterbenden zu erfüllen. Bland kämpfte weiter: Alles sei Schwindel oder bestenfalls unbewußte Strömung. Wir lachten den Zweifler nieder. Feierlich wurde Adler befragt, ob er bereit sei, sich der Erlösung einer Menschenseele zu weihen?

Auch er hatte viel getrunken. Dennoch erhob er sich ruhig.

Es war fast fünf Uhr geworden. In der Dämmerung brachen wir auf. Vor dem Haustor suchte Bland zum letztenmal Adler umzustimmen.

„Wirst du's tun?"

Adler sah mich flüchtig an:

„Vielleicht! Jetzt weiß ich noch nichts."

Da verließ uns Bland ohne Gruß.

Wir mußten einen sehr weiten Weg zurücklegen, denn die magische Handlung konnte nur an einer Stelle des Flusses stattfinden, die schon außerhalb der Stadt lag. Von Schnaps- und Gespensterrausch benommen, wankten wir durch die leeren Straßen, welche die weichende Nacht stark zu verkürzen schien.

Wir kamen an den geplanten Ort, der einige hundert Meter weit vom Binnenhafen flußabwärts lag. Eine Fähre morschte vertaut in der Strömung. Die kleine Getränkebude am Ufer war fest verschalt. Über das zertretene Strandgras strich der Wind. Bittere Kälte herrschte. Es war Anfang März. Über die niedrige Bergkette jenseits des Ufers griffen die ersten Strahlen. Die andere Himmelshälfte begann zu ergrünen.

Ohne daß einer von uns ihn mahnte, legte Adler wortlos die Kleider ab.

Der Fluß war schmutzig. Ekelhafter Unrat der Vorstädte schwamm auf seiner Oberfläche.

Der junge Mensch stand nackt vor uns. Wir konnten sehen, daß uns seine Haltung und der schlechtgeschneiderte Anzug bisher verborgen hatten, daß er keinen saftlos-alten, sondern einen weißen und ebenmäßigen Körper besaß. Im Traumreich dieses Augenblicks erstaunten wir alle über Adlers Schönheit.

Er ging ruhig auf den Fluß zu. Ohne zurückzuzucken, betrat er das eiskalte Wasser, als würde er nicht das Element wechseln. Schwarz hob sich die schmutzige Fläche von dem reinen Leuchten ab. Er ging ruhig immer weiter. Der Fluß reichte ihm schon zur Brust. Wenn Burda nicht aufgeschrien hätte, wäre er wohl im Wasser verschwunden. Mich durchfuhr der Gedanke: Selbstmord! Auf Burdas schrilles Halt aber blieb er stehn und hob die Arme gegen Osten, für das Gespenst von Semlin zu beten, wie es gefordert war.

Es war ein Anblick von unheimlicher Macht. Burda plärrte Gebete. Faltin warf sich plötzlich längelang auf die Erde, Ressl schluchzte. Alle kämpften für die arme Seele, an deren Dasein sie nicht unschuldig waren. Ich horchte in mich. Trostlose Nüchternheit durchbrach langsam die Wand des Rausches. Der Tag war da.

Der Tag ist da.

Ein paar wirrgekritzelte Blätter liegen vor mir. Ich glaube, daß ich schon müde bin. Meine Augen beginnen weh zu tun. Was mag auf diesen Blättern stehn? Nein, ich darf nicht müde werden, nicht mich hinlegen. Ich würde übrigens jetzt nicht einschlafen können. Welche Qual wäre es, den ziehenden Bildern im Bette hilflos ausgeliefert zu sein! Ich darf noch lange nicht müde werden. Denn morgen muß ich gerüstet vor Adler stehn. Unser Leben muß restlos erweckt sein. Er darf es von mir fordern! Ich werde mir einen schwarzen Kaffee kochen.

Fünftes Kapitel

Ziehende Bilder!

Da ist die gelbe Fledermaus vor meinem Fenster. Zuerst hab' ich sie für einen Zitronenfalter gehalten. Mit jeder Sekunde aber ward sie größer. Und jetzt ist sie eine goldene heraldische Fledermaus, die vor meinen Augen auf und nieder taucht. Ich entlasse sie. Sie fliegt in die Sonne. Und dies alles sollte nur hinter meiner Stirn wohnen, nur die Ausgeburt der Überreizung sein? Diese ungeheuerlichen Gesichter, die vorübergleiten!? Gesichter, aus Moos geformt, aus fauliger Walderde modelliert, Köpfe mit Augendeckeln aus Welklaub, mit Nasen aus Rinde ... Ich brauche die Augen nicht zu schließen, um sie zu sehn. Es ist sogar schwer, sie zu vertreiben, so objektiv sind sie. Vor mir liegt ein Akt mit der großen Aufschrift: ›Mord an der Prostituierten Klementine Feichtinger.‹ Auf dem weißen Umschlag krabbeln Raupen, Würmer und allerlei schattenhaftes Unwesen. Ich sehe aber jetzt ganz andere Dinge. Adler sehe ich.

Die endlos lange Hauptallee eines Parks. Er geht mir voran mit seinem unverkennbaren Schritt. Ich folge ihm. Aber bald entschwindet er, immer kleiner werdend, in dem Punkt, wo die Parallelen der Straßenränder sich schneiden. Weiter nichts. – Er sitzt in einem merkwürdig unschulgemäßen Schulzimmer.

Es ist ganz gewiß ein amerikanisches Schulzimmer. Er ist der Lehrer. Knaben sitzen zwanglos auf der Erde um ihn herum. Er liest sehr ernsthaft aus einem Heft vor. Die Knaben aber lachen. Ein Knirps ruft: ›Halloh, Adler!‹ Weiter nichts. – Ein Zimmer! Dies dürfte Klementine Feichtinger sein! Sie steht im Hemd vor dem Spiegel. Ich sehe in diesem Spiegel, wie Adler einen großen Fußball gegen sie schleudert. Ich bin überzeugt, es geschieht aus Ekel. – Untersuchungsgefängnis! Er sitzt in der Zelle Nummer 24. Es ist die Intellektuellenzelle. Ich kenne sie sehr gut. Feierlich starrt er auf die Einbrennsuppe, die er nicht berührt. Sollte ich nicht veranlassen, daß ihm Essen aus dem Restaurant gebracht wird? Er sieht nicht so aus, als könnte er sich selbst verpflegen! Warum denn sitze ich hier an meinem Schreibtisch, anstatt sofort zu ihm zu fahren? Einzig dies wäre meine Pflicht ...

Zwei Teetassen schwarzen Kaffees haben mir neue, vielleicht noch schärfere Klarheit gegeben. Ich bin frisch, als hätte ich acht Stunden Schlaf hinter mir. Ich muß mich vor Willkürlichkeiten hüten. Nur keine falschen Kausalitäten in die Dinge tragen! Material, weiter nichts! Das feinere und feinste Tatsachenmaterial! Meine Aufgabe ist es nicht, eine Beichte abzulegen, um mich zu entlasten oder mich anzuklagen (ich bin nicht Staatsanwalt), meine Aufgabe ist es, mich zu verhören. Dann werden wir sehn ...

Man konnte mit Adler nicht davon sprechen. Er hätte sich solchen Gesprächen vielleicht gar nicht entzogen, wie er sich keiner Sache entzog. Aber wenn er hinzutrat, flauten sie sogleich ab. Der Schleier, der um sein Wesen lag, dieses allerzarteste Gewebe der Einsamkeit, machte es unmöglich, daß man weitersprach. Er war schon längst ein Narr; Lehrer und Schüler lachten über ihn, dennoch wagte es kein Mensch, vor ihm schmutzige Dinge zu reden.

Ich kann nicht behaupten, daß mir derartige Gespräche angenehm waren. Noch heute ist mir nichts peinlicher als jenes Schrifttum, das unter dem Vorwand des radikal verratenen Unterbewußtseins das eigene schnaufelnde Bedürfnis nach der Zote selbstbefriedigt. Ich mußte mich stets überwinden, um in den Ton der Kenner einzustimmen. Es fiel mir schwer, aber ich überwand mich, denn ich strebe immer danach, mich anzupassen. Zudem hatte ich doch meinen Begriff vom ›Leben‹ geprägt und würde mich geschämt haben, in einem so wichtigen Bezirk der Verkommenheit nicht angesiedelt zu sein.

Unter den Sportsleuten unserer Klasse gab es einen Knaben namens Unzenberger. Er war simpel und stark wie ein Ochse, der größte von uns allen und dadurch, daß er sich wöchentlich zweimal rasieren mußte, zum Halbgott der Mannesreife gestempelt. Von diesem Unzenberger, dessen saftige Gestalt fast die letzte Bank sprengte, gingen rüde Wirbel der Mannbarkeit aus, die auch die Seele der Feinerorganisierten erreichten. In der kehligen Stimme, in dergebirglerischen Mundart des Burschen bekam man Wirtshausstreit, Biersuff, Dienstmädchenküsse und billige Hurenstunden zu spüren. Ressl, der Verwöhnte, Reiche, der kaum je ein Wort mit Unzenberger gewechselt hatte, war von den rüden Wirbeln nicht unberührt geblieben. Auch ihm, wenngleich nicht rauh und wild wie bei dem Dörfler, rührten sich die überfütterten Säfte. Schulhof war ein anderer Fall. Er gehörte zu jenen Lieblingen, denen ihre Natur keine Not macht und die darum die Bestimmung haben, immer und überall auf Frauen zu wirken. Solche Menschen, unschüchtern und immer bewußt, verändern kaum jemals ihr Gesicht. Sie sehen schon als Knaben wie geriebene Männer aus. Sie altern nicht eigentlich, sondern werden verlebt. Mit sechzehn Jahren kennen sie sich schon aus, mit sechzig aber nicht mehr.

Ressl führte mich damals an jenem Ort ein, der mir mehr Angst als Freude einflößte, was ich aber um alles in der Welt nicht eingestanden hätte. Hie und da ging Schulhof mit, gleichgültig und siegessicher. Im übrigen teilten sich die Frauen für mich in drei Kasten ein:

Die höchste Kaste waren die eleganten, herrlichen Damen, die man in einem Gewölk von Pelzen, in zarten Schneiderkleidern auf der Straße traf oder in tiefausgeschnittenen Roben an der Brüstung ihrer Theaterlogen erblickte. Zu diesen unerreichbaren Gestalten führte keine Brücke, nicht einmal die der Träume. Die Möglichkeit, sie kennen zu lernen, ihre Stimme zu hören, lag nicht im Bereich dieses Lebens. Bei ihrem Anblick fühlte man eine sanfte Blendung, ein holdes Brennen, eine verzückte Trauer, das war alles. Sie gehörten anderen Gestirnen an, waren zu erhaben, so fremd, so sehr eine himmlische Klasse, daß man sie kaum auseinanderhielt. Für mich wenigstens hatten sie keine Individualität.

Faltin allerdings, der Junge mit dem breiten Mund und den mageren Armen, wagte sie auf andere Weise zu verehren. Der Verwegene hatte sich gewissermaßen für diese Art Verehrung spezialisiert. Erregt teilte er uns mit, er sei der Frau des Fabrikanten X oder der Baronin Y in ihrer Equipage begegnet. Hals über Kopf sei er auf die Elektrische gesprungen, in der herzbewegenden Voraussicht, die Equipage in der Hauptallee des Lustgartens wieder zu finden. Und richtig, er habe in der Allee eine wohlbedachtgünstige Stellung bezogen und die Schöne viermal an sich vorüber traben lassen. Der Tag Faltins war ausgefüllt von großen Erlebnissen und großen Befriedigungen: Das Abnehmen des Mantels vor einem Stehspiegel der Garderobe! Das Vorüberblinken einer weißen Schulter! Das Zögern eines leichten Fußes! War das nicht genug und übergenug, da man den Genuß noch hatte, andern davon zu erzählen?

Die zweite Kategorie bildeten die Mädchen, die gleichaltrig oder um ein weniges älter waren als wir. Diese jungen Damen gehörten bestimmten Familien der Stadt an, die unter einander Verkehr pflogen. Obgleich wir noch Gymnasiasten waren, wurden einige von uns, darunter auch Ressl, Adler und ich, von den Eltern dieser Mädchen eingeladen, gewissen Unterhaltungen beizuwohnen, die sie für ihre Töchter veranstalteten. Wir durften uns in der Hauptsache am Tennisspiel beteiligen, doch auch bei Nachmittagsgesellschaften und sogar bei Bällen erscheinen. Natürlich spielten wir als die Jüngsten eine unansehnliche Rolle, denn erwachsene Männer, Studenten, ja sogar ›fertige Leute‹ beherrschten das Feld.

Hier war Annäherung, allerdings nur unter strengen, hoffnungslosen Formen, schon weniger ausgeschlossen.

Es war eine andere Zeit. Die Mädchen kehrten mit ihren Röcken die Straße, kicherten untereinander und trugen einen Panzer, der aus Angst, Reinheit und Berechnung geschmiedet war. Sie schienen zu fordern, daß man sie zwar für schön und anbetungswürdig halte, zugleich aber nicht wisse, daß die anbetungswürdige Schönheit über Füße, Waden, Schenkel, Brüste und einen ganzen Leib verfüge.

Ich erfüllte damals diese platonische Forderung restlos.

Die letzte Kaste setzte sich aus den Weibern zusammen, die an dem Orte hausten, den mir Ressl eröffnet hatte. Diese Weiber waren nichts als stieres nacktes Fleisch, das sich mit gemeinem Zugriff über uns wölbte und statt Freuden Schauder schuf und Beklemmung.

In diesen drei Formen erschien mir, dem Siebzehnjährigen, die Liebesmöglichkeit der Welt, in die ich hineingeboren war.

Adler blieb unberührt.

Hier schien sein Adel unschändbar zu sein. In seinem Wesen wühlte Gier ebensowenig wie Eitelkeit. Er war anders als wir, die immer etwas vom Leben wollten, die es an sich zu reißen suchten, selbst wenn dieses Leben nur Traum und Phantasterei war. Adler wollte nichts und brauchte nichts. Das Leben drohte ihm deshalb immer rachsüchtiger. Wenn wir ihn in Ruhe ließen, hielt er den schweren Kopf gesenkt. Er war reich.

Ich bin vielleicht der Einzige, der die leise, kaum wahrnehmbare Schwärmerei bemerkt hat, die Adler für Marianne hegte. Dieses unausgesprochene, selbstvergessene Verhalten zu Frauen ist mir später nur noch einmal begegnet, bei einem Gelehrten, den viele für einen Heiligen halten.

Marianne und Martha waren zwei Schwestern unserer Bekanntschaft, beide bildschöne Geschöpfe: Marianne, die ältere, hatte einen beschwingten Gang, schwarze Haare und in beglückendem Gegensatz dazu tiefblaue Augen. In sie verliebt zu sein, war Mode, die Ressl, wie alle andern Moden, bei uns eingeführt hatte. Gerade in mein Herz war diese Mode besonders, ja schmerzhaft tief eingedrungen.

Bei Begegnungen mit Marianne bekam ich Herzklopfen und leichte Schwindelanfälle. Wenn ich sie von ferne auf der Straße gewahrte, war der Tag dem Glück gewonnen. Ich konnte lange Stunden in der Nähe ihres Hauses patrouillieren, mich an der Vorfreude ihres Kommens sättigend. Wenn sie *nicht* kam, hatte ich meinen Teil an Seligkeit doch dahin.

Dennoch aber ging ich abends mit Ressl ins Gran Canon. So trübe war die Sphäre unserer Jugend, daß wir hierin keinen Widerspruch fühlten. Eins hatte mit dem andern nichts gemein.

Zweimal wöchentlich fanden wir uns auf den weiten Sportplätzen des Tennisklubs ein. Die Mädchen waren umschwärmt von verehrenden Herren, die wir alle für fabelhafte Lebemänner hielten, bewunderten und haßten. All diese Offiziere, reichen Tagediebe, Gents in ihrem tadellosen weißen Dreß würdigten uns Schüler keines Blickes. Die Mädchen selber verschwendeten auch nicht viel Worte an uns. Dies war auch besser so! Denn mit ihnen zu reden, fiel bis auf Schulhof allen schwer. Wir fanden keinen Gesprächsstoff, stotterten Unsinn und litten unter dem peinlichen Bewußtsein, zu schwitzen. Schauen war jedenfalls schöner als sprechen.

Da ich ein begabter Spieler war, wurde ich oft den Doublepartien der Großen zugezogen. Dann fühlte ich mich hoch erhoben, mein Ehrgeiz schwelgte und ich geriet außer mir vor Kraftgefühl.

Es gab übrigens sehr viele Plätze. An manchen Tagen herrschte Mangel an Partnern. So konnte jeder von uns ganz leicht zum Spiel kommen.

Nur Adler schloß sich aus.

Er saß stundenlang auf der Zuschauerbank jenes Feldes, wo Marianne spielte, ohne ein Wort zu reden. Sein kurzsichtiges Antlitz zeigte eine heitere Aufmerksamkeit, die an keinem verschmachteten Selbstgefühl litt.

Ich glaube, er war wirklich zum Künstler und Philosophen geboren, weil er sein Genügen am bloßen Zusehen fand, ohne sich je ins Leben mischen zu wollen.

Wenn ich mit von der Partie war, die er betrachtete, konnte ich bemerken, daß er sich über meine Gewandtheit freute. War das zu glauben? Ich hatte jenes Gelächter angeschlagen, das noch jetzt jede Turnstunde für ihn zur Hölle machte. Und er litt nicht darunter, ihn bedrückte es nicht, daß ich dort, wo er versagte, mit meinen Gaben glänzte?? Ebenso unbestechlich erkannte er diese Gaben an, wie er sich sonst durch all meinen Dunst nicht täuschen ließ.

Und ich?!

Wenn gerade keiner der vollgültigen Kavaliere anwesend war, durften wir die jungen Damen von den Klubplätzen nach Hause begleiten.

Endlos dünkten mich damals diese Wege, die vom Hügelgelände hinab über die schwebende Kettenbrücke in die schlechtgelüftete Stadt führten. Die Kettenbrücke roch stark nach Teer. Seitdem ist für mich der Begriff ›April‹ und ›Verliebtheit‹ unlöslich mit Teergeruch verknüpft.

Auf einem dieser Geleitwege voll krampfiger Qual, die man genau spürte, und krampfiger Beseligung, die nicht so genau zu Bewußtsein kam, ging ich lange Zeit allein neben Marianne. Hinter uns schritt Ressl zwischen Martha und einem andern Mädchen, vor uns Adler mit gesenktem Kopf, in seiner steifen Art, ganz für sich.

Ich spürte Mariannens energischen und doch unirdischen Gang in meinen Nerven. Manchmal berührte mich das Tennisrakett, das sie in schwingenden Händen hielt. Sie verströmte einen leichten, durch die Bewegung des Spiels aufgelockerten Duft. Ich rang nach Worten. Meine Pflicht war es doch, dieses Mädchen, das den Redestrom kenntnisreicher und routinierter Männer gewohnt war, zu unterhalten. Nichts fiel mir ein. Die ganze lange Brücke gingen wir schweigend entlang. Dann stieß ich irgendeine Albernheit über den Sport, die Stadt, einen Theaterabend aus. Die Worte wurden in meinem Mund übertrieben, sie bekamen einen falschen Enthusiasmus, der mich beschämte. Ich spürte sie als etwas widerlich Rundes an meinem Gaumen. Sie fanden nicht zu ihr, sie blieben nicht schweben, wie Kugeln fielen sie herab, daß ich sie hätte mit dem Fuße wegstoßen können.

Dann war ich wieder fertig und leer.

Ich sah Adler. Nicht um ihn herabzusetzen, sondern aus dem schon schicksalsmäßigen Verhältnis, das mich zwang, niederträchtig zu sein, deutete ich auf ihn, ahmte seinen Gang nach und fand meinen Gesprächsstoff:

„Sehn Sie nur! Ist der Junge nicht zum Totlachen?“

Marianne aber warf den Kopf zurück und bekam eine ganz spitze Nase:

„Ich liebe es nicht, wenn man auf Kosten anderer eine Unterhaltung bestreitet ...“

Ein andermal geschah etwas Rührendes, das aber Marianne nicht erkannte.

Es war mitten im Spiel. Die beiden Parteien wechselten gerade die Seite. Da, in diesem für sein Vorhaben ungünstigsten Moment, erhob sich Adler von der

Zuschauerbank und trat mit seinen entschlossenen Blindenschritten auf Marianne zu. Ungeduldig blieb sie stehn. Ich sah, wie Adler eine seiner ruckweisen Verbeugungen machte, lange Zeit schwieg und dann ein paar Worte hervorstieß. Er überreichte dem Fräulein schließlich ein abgegriffenes Reclam-Bändchen, in dem wie ein Lesezeichen eine langstielige gealterte Rose steckte, die sich im gleichen Augenblick aus Widerwillen oder Bosheit zu entblättern begann. Die unschöne altjungferliche Blume wirkte wie ein Sinnbild von Adlers Ungeschick und Pech.

Mit einem ganz verständnislosen Gesicht nahm Marianne das Gewidmete entgegen. Die Herren grinsten. Adler aber machte wiederum seine Verbeugung und ging zur Bank zurück. Ich verstand sofort. Er hatte dem Mädchen eines seiner zerlesenen Lieblingswerke zum Opfer gebracht. Ich wollte zuerst laut die Bedeutung dieses Geschenkes erklären, aber die Kavaliere zeigten sich höhnisch belustigt, eine peinliche Stimmung herrschte, und ich vermochte es nicht. Da geschah es – es war schon ziemlich spät und die meisten Spieler hatten sich verlaufen –, daß ich mit Marianne im Vorraum des Klubhauses zusammenstieß. Sie war gerade im Begriffe, in die Garderobe zu gehn, um sich für die Straße umzukleiden. Nun hielt sie mich an:

„Was bedeutet das?“

Und mit leichtgenierten Händen zog sie das Reclam-Bändchen hervor, das wirklich gar nicht mehr sauber war. Ich warf einen schnöden Blick auf das Buch:

„Bunte Steine! Stifter ist Adlers Lieblingsdichter. Er wünscht wohl, daß Sie das Buch lesen, Fräulein Marianne ...“

Sie fingerte interesselos an den Seiten:

„Ich kenne nichts von Stifter ...“

„Sie haben damit wirklich wenig verloren ... Er ist einer der langweiligsten Schriftsteller der Welt ... Es kommen lauter schrecklich gute Menschen bei ihm vor ... Und dann ist er so belehrend ... Mögen Sie belehrende Sachen?“

„Belehrend? Das ist schlimm“, urteilte sie.

„Und außerdem paßt er gar nicht zu Adler ... Diese Vorliebe ist mir unbegreiflich ...“

Sie hielt schon die Türschnalle:

„Ihr Freund ... Vor dem muß man sich in acht nehmen ...“

„Wie meinen Sie das, Fräulein ...?“

„Warum redet er denn nie ein Wort ...? Ich kann mir denken, daß er einmal etwas tun wird, was niemand erwartet hat.“

Diese Erkenntnis sprach das junge Mädchen aus, von dem ich geglaubt hatte, daß es die Existenz Adlers überhaupt nicht bemerke. In dem Vorraum war es ziemlich dunkel. Es roch überaus stark nach Ledersachen. Ein Geruch, der für mich immer etwas Unverschämtes hat. Marianne dachte nach:

„Ihr Freund ist mir übrigens sympathisch, sogar sehr sympathisch ... Wenn er nur nicht rote Haare hätte!"

Ich machte die blödsinnige Bemerkung:

„Dafür kann er am allerwenigsten. Schiller hat auch rote Haare gehabt."

Der Geruch des Leders wurde immer unverschämter. Marianne ließ die Türschnalle los. Sie war bereit, die Unterhaltung fortzusetzen. Zwei gegensätzliche Wünsche rissen an mir: Oh, würde dies niemals enden – der eine! Oh, wäre ich weit fort – der andere! Sie machte einen Schritt von der Türe weg:

„Sie spielen ausgezeichnet, Herr Sebastian! Wo haben Sie's denn so gut gelernt?"

„In Wien hatte ich immer ausgezeichnete Partner ..."

„Natürlich! Sie sind ja Wiener ..."

Und mit einem schwärmerischen Klang:

„Wien!"

Ich spürte, wie mich dieses Wort in ihren Augen erhöhte. Fast war ich kein Gymnasiast mehr. Sie klagte:

„Gott! Könnte ich nur in Wien leben!"

„Warum?"

„Hier gibt es doch gar keine wirklich jungen Menschen ..." Und lachend:

„Alle Männer sind hier ein bißchen so wie Ihr Freund Adler ..."

Nun stand sie mir ganz nah:

„Passen Sie nur auf, daß Sie nicht auch so werden!"

Ich wagte nicht zu atmen. Sie tippte mit dem Finger auf meine Hand:

„Was meinen Sie, sollten wir uns beide nicht zum Turnier einschreiben lassen? Als Double-Paar! Ich bin ja gerade keine Künstlerin, aber mit Ihrer Hilfe könnten wir ganz gut abschneiden."

Ich hatte nicht mehr die Kraft, begeistert zu sein. Da schien es ihr zu dumm zu werden. Sie machte Schluß:

„Vergessen Sie nicht unser Gartenfest!"

Und sie überließ mir lange ihre Hand.

Betäubt taumelte ich aus dieser ersten Liebesstunde meines Lebens.

In der zweiten Maiwoche fand das Fest statt. Marthas und Mariannens Eltern hatten einen der unbenutzten Palastgärten der Stadt gemietet, um für ihre Töchter diese garden party zu veranstalten.

Fast alle von uns waren zu dem Fest geladen, das zweihundert Personen wenigstens versammelte. Ich ging mit Ressl und Adler hin. Für die üblichen Vergnügungen war recht üppig gesorgt. Unter uralten Bäumen standen Büffelzelte, Glückshäfen, Champagnerbuden. Blumen- und Coriandolischlachten wurden ausgetragen.

In dem köstlichen Barockpavillon fand der Ball statt. Eine große Kapelle donnerte von der Estrade.

Ich forderte Marianne zum Walzer auf.

Sie sei vergeben.

Ich dachte an unsere Liebesstunde und glaubte ein Anrecht zu haben.

Ein zweites-, ein drittesmal trat ich zu ihr. Wieder ein Korb! Beim fünftenmal endlich konnte sie nicht anders und mußte meinen Wunsch erhören. Wir tanzten eine Runde. Sie aber sprach mit mir kein Wort, lag nur pro forma in meinen Armen, hielt das Gesicht vor mir ab- und einem ihrer überlegenen Bewunderer zugewandt, der den ganzen Walzer, das unterbrochene Gespräch fortführend, saalentlang mit uns chassierte. Ich war tödlich beleidigt, suchte aber Entschuldigungsgründe für Marianne. Es gelang mir, mich zu beruhigen.

Später traf ich sie in einem entlegenen Teil des Parks wieder. Sie saß auf einer Bank neben einem geschniegelten Herrn. Ein hell-lila Kleidchen! (Es sieht sehr modern aus, denn in meinem Gedächtnis hat es sich mit der Mode verwandelt.) Dennoch gefiel sie mir jetzt nicht. Sie hatte die Beine übergeschlagen und taktierte mit dem Fuß. Dies störte mich. Der große elegante Herr, der mir nicht mehr ganz jung zu sein schien (dreißig Jahre war ja schon ein patriarchalisches Alter), erzählte ihr eine Geschichte, in der viele Adelsnamen vorkamen. Er sprach zerzogen, gelangweilt und durch die Nase. Ich kenne das. Sie aber schien sich durch die Gesellschaft dieses Herrn ausgezeichnet zu fühlen. Ich wollte vorübergehn, da rief sie mich an:

„Sebastian! Sie könnten einen Auftrag übernehmen."

Ich rührte mich nicht.

„Im Vestibül liegt wahrscheinlich ein Brief für Herrn von Radischovsky. Wollen Sie nicht nachfragen und uns den Brief bringen?"

Sie machte die entsprechende Bewegung:

„Ach so ... das ist Herr Sebastian ..."

Der Geschniegelte stand weder auf noch gab er mir die Hand. Er knautschte nur etwas von Liebenswürdigkeit. Marianne aber fühlte sich bemüßigt, meine Existenz an diesem Ort zu rechtfertigen:

„Sein Vater ist ein hohes Tier ... Kassationshof ... oder so was ähnliches ..."

Mir war der Mund ausgetrocknet. Ich hatte keine Antwort. Sie aber sprach auch schon durch die Nase und unterdrückte die Banalität nicht:

„Einer der Kleinen von den Meinen."

Ich schlug die Richtung zum Pavillon ein. Doch dachte ich keinen Augenblick daran, den Auftrag auszuführen. Nein! Meinen Hut nehmen und fort! Aber was war damit getan? Sie würde es gar nicht bemerken! Mich jagte ein Wahn im Kreise: Gott, Gott, wie kann ich mich Zwerg an dieser Göttin rächen!!

Da begegnete ich Adler. Er war wie immer ganz zufrieden, ›am Gitter des Lebens zu stehn‹. Er tanzte nicht. Er sprach mit keinem Menschen ein Wort.

Ich nahm ihn beim Arm, ich klammerte mich an seine Ruhe. Eine halbe Stunde lang strichen wir umher. Dann kamen wir auf eine Rasenfläche, wo viele Menschen umherstanden. Marianne war eben aus dem Zelt getreten. Sie trug eine große Schüssel mit Konfekt und bot den Gästen ringsum davon an.

Ich kann nicht erklären, woher mir dieser alberne und ekelhafte Einfall kam, der zu Mariannens Beleidigung dienen sollte.

„Hast du Geld?" fragte ich Adler.

Er blinzelte erstaunt.

„Willst du denn kein Konfekt nehmen, Adler?"

„Ja! Aber wozu brauche ich Geld?"

„Wenn du keines hast, so helfe ich dir aus."

„Ich habe heute welches. Aber warum ..."

„Du mußt ja bezahlen, was du nimmst!"

„Aber wir sind doch eingeladen!"

„Wir sind eingeladen. Das stimmt. Da schau dir nur diese vielen Menschen an! Weißt du, ich habe das bestimmte Gefühl, es ist ein Wohltätigkeitsfest, das hier gegeben wird. Die Haustochter selber reicht die Schüssel herum. Ich kann nicht genau sehn, was die Leute zahlen. Wir dürfen uns nicht lumpen lassen. Wie gesagt, ich helfe dir gerne aus. Aber du mußt mindestens zehn Kronen auf die Schüssel legen. Gott weiß, wohin der Reinertrag fließt."

Ich zweifelte nicht, daß Adler, der in solchen Dingen ahnungslos war, gehorchen würde. Marianne trat auch zu uns und präsentierte die Süßigkeiten. Ich wartete. Adler, der wegen seiner schlechten Augen immer nur langsam und unsicher hantieren konnte, nahm ein winziges Schokoladewürfelchen und legte vorsichtig den einzigen Zehnkronenzettel, den er besaß, auf die Schüssel. Es geschah durchaus nichts davon, was ich mir im Stil der Kameliendame vorgestellt hatte. Marianne wurde weder blaß noch wütend. Sie stutzte einen Augenblick, dann aber gab sie mit einem erstaunten Lächeln und fast belustigt, Adler sein Geld zurück.

Die sinnlose und unverständliche Beleidigung war mißlungen. Der peinliche Augenblick aber hat bis heute eine Lebensfrische behalten, die mich verlegen werden läßt.

Ich sah Adler an.

In ganz seltsamer Weise ballte er die Fäuste unterm Kinn und starrte auf den Boden. In dieser Leidenshaltung fand ich ihn viele Minuten später noch.

Am Abend verließ ich gemeinsam mit Schulhof das Fest.

„Ich bin vollkommen stier, ich brauche Geld“, klagte er.

Da bat ich ihn, mir die Photographie zu zeigen, die er sich verschafft hatte. Sie stellte Marianne und Martha im Rokokokostüm dar. Marianne prangte als Kavalier. Zarte Mädchenbeine – unerdenkliches Geheimnis damals – gaben sich preis. Ich kaufte Schulhof das Bild um sechs oder sieben Kronen ab.

Am nächsten Tag spürte ich während der Schulpausen, daß Adler versuchte, sich von mir zurückzuziehen. Ich fragte ihn etwas. Er gab keine Antwort. Ich trat zu der Gruppe, in der er stand. Er wandte sich weg. Ein niederdrückendes Bewußtsein des Verlustes und der Leere überkam mich. Ich mußte kämpfen! In der Stunde des Professors Wojwode, in der man machen konnte, was man wollte, schrieb ich ihm einen Brief. Ich weiß nicht, was in dem Briefe stand. Meine Angst unbedingt! Gewiß habe ich alles umgekehrt, ihm Vorwürfe gemacht, ihn angeklagt. Dieser Brief war wie eine gespreizte Hand, mit der ich ihn von hinten berührte. Nach der Schule kam er zu mir. Er machte keine Bemerkung über mein Schreiben, doch wir gingen miteinander. Seit langer Zeit das erstemal schlug ich wieder die Richtung ein, wo seine Wohnung lag, um ihn zu begleiten. Ein schreckhafter Rausch war das: Er ist mir verfallen!

Weich drang die Frage aus mir:

„Möchtest du mir nicht eine deiner neuen Arbeiten zeigen, Adler?“

Er horchte auf. Er zögerte. Dies war ihm ja wichtiger als alles andere. Schon ein Jahr war vergangen, daß er uns kein Werk vorgelesen hatte. Nicht nur war von mir seine geistige Vorherrschaft zertrümmert worden, ich hatte alle andern auch abgedrängt von seinem Wege. Selbst Bland durchlebte eine Zeit, wo er – nun hielt er bei Stendhal und Oscar Wilde – dem Dandytum nachstrebte und mit der gelehrten Gründlichkeit seines Wesens Krawattenfarben zu Strümpfen abstimmte. In seinem Zimmer wurde nicht mehr über Gott gestritten, sondern man schmiedete elegante Aphorismen. Diese Kunst bestand zumeist darin, daß man bekannte Sprichworte umdrehte. Wir berauschten uns an geistreichen Funden dieser Art: ›Wer selbst hineinfällt, gräbt andern eine Grube.‹

So hatte denn auch Adler Bland verlassen.

Ich stand mit ihm vor seiner Haustür:

„Ist es nicht merkwürdig, Adler, aber ich war noch niemals bei dir oben? Ich kenne deine Wohnung nicht. Ich habe keine Ahnung, wie du lebst ... Überhaupt, ich habe keine Ahnung von dir ...“

„Ich weiß es“, sagte er.

„Wir sind doch Freunde, Adler ... Ich wünsche mir es wirklich; daß du mir deine neuen Sachen vorliest ... und zwar allein und in deinem Zimmer.“

Ich hatte Furcht, er würde meinen Vorschlag zurückweisen, denn er dachte lange nach. Dann aber sah er mich hell an:

„Komm nachmittag.“

Dies, und tausend andere Dinge noch, lebt in mir weiter! Es würde in mir nicht weiter leben, wenn es geblieben wäre, was es ist: das fluktuierend Böse, die gewöhnliche Häßlichkeit zwischen Mensch und Mensch. Die Dinge leben, weil sie zum *Verbrechen* wuchsen, dessen ich straffällig wäre, wenn es keine Verjährung und eine Gerechtigkeit gäbe. Aber gibt es eine Verjährung? Und die Gerechtigkeit?

Er las mir zwei kleinere Prosaarbeiten vor. Die eine hieß: ›Die Welt kommt durchs Fenster in meine Kammer.‹ Es war eine Geschichte, deren Sinn ich nicht recht verstand, in einer ganz merkwürdigen Sprache abgefaßt. Ein Kaminfeger kam darin vor, der auf dem Dachfirst eines gegenüberliegenden Hauses sich bewegt und zugleich auch in der Kammer des Dichters da ist, nur größer und schwärzer. Dies mochte vielleicht bedeuten, daß die Wirklichkeit in unserm Innern wirklicher sein kann als an ihrem eigenen Ort.

Ich sah die Kammer des Dichters, in die ich nach einundeinhalbjähriger Freundschaft noch nicht eingedrungen war. Übrigens hatte Adler nicht nur mich, sondern auch die andern bisher auf unmerkliche Weise ferngehalten. Es war wirklich eine Kammer. Wenn auch nicht gerade klein, so besaß sie doch nur ein Fenster und dieses ging tatsächlich auf eine Feuermauer und trübe Dachlandschaften hinaus, wo ein Kaminfeger zur großartigen Erscheinung emporwachsen mußte. Vor diesem Fenster stand nicht ein Tisch, sondern eine Nähmaschine, die einen ranzigen Geruch von Öl und Zwirn verbreitete. Die Stube war sehr leer: Bett, Tisch, zwei Stühle, ein Männerbildnis!

Ich hätte nicht einen Tag darin zu leben vermocht. Aber sie paßte ganz genau zu Adler. Viele Generationen *blickloser*Menschen waren hier zu Hause. Alles blieb inneres Leben.

Adler hatte rasch und leise gelesen, wie aus Angst vor Störung. Da erscholl auch schon eine Frauenstimme aus dem Nebenzimmer. Er zuckte zusammen, erhob sich mit der ihm eigenen starren Höflichkeit und öffnete die Tür:

„Küß die Hand, Mama, ich bin hier!“

„Und wer ist bei dir?“

„Sebastian!“

„Mit dem will ich sprechen.“

Ich mußte eintreten. Das Zimmer war groß und weniger kahl. Voll von aufgeputzten Dingen, die der Besitzerin wertvoll schienen. Ein sehr großer Mohr hielt eine Lampe. Die Mumie einer Palme moderte im Winkel. Die Witwe Adler lag im Bett. Sie reichte mir eine naßkalte Hand hin, die merklich aufs Leben böse war. Kein Zug ihres dunkeln, eingeschwundenen Gesichts erinnerte an ihren Sohn. Sie zog mich sofort hastig ins Vertrauen:

„Ich weiß, wer Sie sind! Gerade Sie müßten ihm ins Gewissen reden ...“

„Wie meinen, gnädige Frau ...“

Sie sprang willkürlich mit Worten und Sätzen um, die sie selten beendete:

„So ein unpraktischer Mensch ...“

„Bitte?“

„Lauter brotlose Sachen ... Schieb ihm einen Fauteuil zum Bett, Franzl!“

Ich sank tief ein. Sie predigte:

„Ein unpraktischer Mensch muß in ein gemachtes Bett! Was hat er dagegen? Mein Bruder ist ein goldener Mann. Immer sagt er: Der Franz, der wird sich noch den Kopf einnehmen. Die ganze Nacht schläft er nicht ...“

Adler wollte seine Mutter unterbrechen. Aber ihr klagender Wortstrom war nicht mehr aufzuhalten:

„Sorgen hab ich, lieber Herr Sebastian ... So, wie Sie mich hier sehn, liege ich manchmal wochenlang da ... Wenn ich nur gesund wäre und Kraft hätte ... Wenn ich nur ewig für den Jungen sorgen könnte ... Immer hab ich alle Last allein schleppen müssen ... Mein seliger Mann, Sie wissen ja, wie er geendet hat, war ganz genau wie er ... Wie aus dem Gesicht und aus dem Leben geschnitten ... Auch er ist immer auf und ab gegangen, auf und ab, und wenn ich ihn dann etwas gefragt hab, hat er sich erschreckt, genau wie er ... Ein Doktor? Ich sage Ihnen, ein Doktor, das heißt Hungerleider auf lateinisch, bei einem so unpraktischen Menschen ... Und er hat es gar nicht nötig ... Sein Onkel hat ein gutgehendes Geschäft und sagt immer zu mir: Paß auf, Pauline, aus dem Franz mache ich noch einen Menschen ...“

Adler schüttelte sich:

„Ich werde nie zum Onkel gehn, Mama!“

Die Frau regte sich auf:

„Da sehn Sie es! ... Wer weiß, ob du überhaupt je Doktor werden wirst ... Professor Kio sagt, daß du ganz erschreckend zurückgegangen bist und daß es mit dir ein schlimmes Ende nehmen wird.“

„Du warst bei Kio, Mama?“

„Ja, ich habe mich heute aufgerappelt und bin in die Sprechstunde gegangen ... Professor Kio hat mich gewarnt ... Ihr beide solltet miteinander nicht verkehren ... Ihr tut einander nicht gut, sagt er ... Er wird schon wissen, warum.“

„Ich weiß wirklich nicht, was Kio damit meint, gnädige Frau.“

„Entweder treibt sich der Franz in der Nacht auf der Straße herum oder er geht nebenan auf und ab ... Wann schläft er? ... Er wird krank werden ... Er wird den Weg seines Vaters nehmen ... Gott! Wenn Sie den Franzl gesehen hätten, als er klein war! Das süßeste Kind auf der ganzen Welt ... Alle Leute haben das damals gesagt ... Augen hat er gehabt, blau wie der Tag ... Aber unpraktisch war er schon immer ... Jedes Jahr sind wir im Sommer ins Bad gefahren ... Ich bitte Sie, wir haben in guten Verhältnissen gelebt ... Eines Tages gehn wir in den Feldern spazieren, ich rede und rede mit meinem seligen Mann, da auf einmal ist der Franzl nicht mehr da, das Kind ist verschwunden ... Wir suchen, suchen, stundenlang ... Ich glaub schon, daß ich wahnsinnig werden muß ... Herr Sebastian, noch jetzt kommen mir die Tränen ... Wissen Sie, als wir ihn aufgefunden haben, er war vier Jahre alt, hat er nicht geweint, nein, er schaut in die Luft und denkt nach ... Gar nicht bemerkt hat er die vielen Stunden ... Der unpraktische Mensch ... Ihn kann man nicht allein ins Leben schicken ... Im Traum sehe ich immer, wie er auf einer Straßenkreuzung überfahren wird ... Gott, Gott ...“

Adler stand abgewandt. Die Mutter jammerte erschöpft weiter:

„Ich denke mir immer: Ein junger Mensch ... Aber das hat doch seine Grenzen ... Gestern komme ich in sein Zimmer ... Er bemerkt mich nicht ... Er steht da und weint und schreit, ich sage Ihnen, weint und schreit laut mit sich selbst ... Mir steht das Herz still, ich laufe zu ihm ... Er aber gibt mir einen Stoß ...“

„Mama, das geht doch nicht!“

Adler lief aus dem Zimmer.

Sie stöhnte:

„Da sehn Sie ... Da sehn Sie ...“

Dann entließ sie mich auch.

Adler suchte eine Entschuldigung für seine Mutter:

„Sie ist eine sehr unglückliche Natur. Und Frauen haben keine Scham.“

Mehr sagte er nicht über dies alles. Dann gingen wir fort. Er wollte mir in einem der Stadtgärten seinen zweiten Versuch vorlesen.

Diese Arbeit nannte sich: ›Der Mensch als Genießer und als Genußmittel.‹ Es war eine ganze Philosophie oder besser Theologie, die Adler auf wenigen Seiten entwickelte. Alles, was er dachte, schien immer zur Theologie zu führen. Auch hierin war er vielleicht der Letzte einer langen blicklosen Generationsreihe. Wie ich mir die Schlußszene des Hohenstaufendramas gemerkt habe, so sind Gedankenfetzen und Prägungen auch dieser Abhandlung in mir lebendig geblieben. Das Wort etwa, daß die Schöpfung eine ›Kindesweglegung‹ sei. Gott ernähre seine Welt nicht, er habe sie ohne Nahrung ausgesetzt. Das Kind aber müsse essen und trinken, so sei denn die von Außen, von Gott her nicht ernährte Materie dazu verflucht, sich selbst zu ernähren und im ewigen Stoffwechsel sich selber aufzufressen und zu verdauen. Es liege dem Leben ein alles durchdringender ›Kannibalismus‹ zugrunde. Die Natur empfinde vor dem ihr innewohnenden Kannibalismus ein Grauen, denn obgleich ein Tier das andere frißt, sei doch in den höheren Gruppen die Tendenz vorhanden, der eigenen Art Schonung angedeihen zu lassen. Kein Löwe frißt einen Löwen.

Wie Adler den Gedankengang zum Menschen hinsteigerte, weiß ich nicht mehr. Mir klingt nur der Satz im Ohr: ›Der Mensch unterscheidet sich von der übrigen Natur nicht durch die Vernunft, sondern durch den Appetit.‹ Er sei das einzige Wesen, das sich ernähre, nicht allein um den Hunger zu stillen, sondern um seine Lust zu ergötzen. Zugleich mit der ›Sünde‹ habe der Mensch die ›Würze‹ erfunden. Die Kannibalen essen Menschenfleisch, nicht weil sie dazu gezwungen sind, sondern aus Gourmandise. Der Mensch ist eben der pikanteste aller Leckerbissen.

Und jetzt hob eine tiefe, kindliche Klage an über den höheren geistigen Kannibalismus des Menschen, über den Genuß der Grausamkeit, über die Lust, andere zu erniedrigen und zu beschämen, über die Schadenfreude …

War diese Philosophie vom Menschen als Genußmittel an mich gerichtet? Bedeuteten diese Seiten eine Züchtigung für das ›Knie nieder‹ in der Konditorei und für hundert andere Gemeinheiten? War dies die Art des duldenden und überwindenden Geistes, sich zu rächen?

Damals spürte ich nichts davon.

Ich wußte ja gar nicht, daß ich Adlers Feind, sein Jago war, ich bildete mir ein, sein Freund zu sein, ich sah in ihm den Spießgesellen meiner Tage und Nächte.

Wiederum beunruhigte mich nur Adlers Talent, die Größe seines Denkens, die logische Macht, die Neuheit seiner Bilder, seiner Prägungen, und über all dem das Unberührte, ja das Nicht-Menschliche, das er ausstrahlte. Sein Wesen besaß eine fremdartige Süßigkeit, die mich aufreizte. Wie immer, wenn sein höherer Wert zu Tage trat, war ich von Zweifeln und von der Sehnsucht gequält, das *wahre* Verhältnis umzukehren.

Bedrückt und unglücklich ging ich nach Hause.

Ressl, Schulhof und ich waren schon fünf- oder sechsmal im Etablissement Gran Canon gewesen. Wir hatten vor unseren Freunden zwar schneidig mit unseren verwegenen Erlebnissen geprahlt, aber jene Scham verhinderte es bisher,daß wir mit Adler davon sprachen oder ihn gar zum gemeinsamen Besuch dieser Gaststätte aufforderten. Da begann es mich zu wurmen, daß er mir etwas voraushaben sollte, die Unkenntnis jenes Vorgangs nämlich, der mich tagelang niederdrückte, wenn ich mich auch seiner rühmte.

Ich ging mit Schulhof und Ressl die Parklehne des Hügels hinab, auf dem unsere Tennisplätze lagen. Heute durften wir die jungen Damen nicht nach Hause begleiten. Fertige Leute teilten sich in dieses Ehrenamt. Auf der tieferen Windung der Wegserpentine gewahrte ich Marianne, die zwischen zwei Offizieren schritt. Ich unterschied das Knirschen ihres Fußes im Kies von den Tritten der Männer.

Ressl fragte etwas. Statt einer Antwort meinte ich:

„Wir waren schon lange nicht im Gran Canon."

Unsere Sensationen wechselten sehr rasch. Zwar bestand der Lesezirkel noch weiter, auch die Geister wurden dann und wann noch beschworen, aber all diese Freuden waren schon verbraucht. Die Sensation des Nachtlebens rückte langsam an ihre Stelle.

Ressl hängte sich in mich ein:

„Heute ginge es. Morgen ist Schwänzturnus an uns beiden."

Ich hatte ja ein ganzes System ausgearbeitet, nach welchem niemals mehr als drei Mann in der Klasse fehlen sollten, damit wir nicht in Verdacht kämen.

Schulhof erkundigte sich:

„Wer ist denn morgen noch im Turnus?"

Ich sah in mein Notizbuch. Es fing ganz brav mit einem ›Verzeichnis von Lehrern und Mitschülern‹ an, dann ging es zu lasterhafteren Belangen über. Gezählt und mit geheimnisvollen Zeichen versehn, standen meine Besuche im Gran Canon da. Auch meine Beziehung zu Marianne, das Näherkommen und Sichentfernen war als eine starkgeschlängelte Barometerkurve eingezeichnet. Diese Seiten mußte ich überschlagen, um zu der Tabelle zu kommen, in der ich genau den Dienst des Schulschwänzens führte.

Als dritter war diesmal Adler an der Reihe.

Schulhof erklärte, er wolle dennoch abends mit uns ins Gran Canon gehn. Er sei trainiert und Schlafmangel störe ihn nicht.

Ich blieb stehn:

„Sollten wir nicht einmal Adler mitnehmen?"

Schulhof stellte fest:

„Was wollt ihr von Adler? Der stirbt heilig als Jungfrau von Orleans ..."

„Herrgott! Kio!"

Und wirklich, Professor Kio klomm die Serpentine hinan. Er trug wie immer den grauen Gehrock mit den gezackten Scheintaschen an den Hüften, auf dem Kopf die braune Melone, dunkle Handschuhe und einen Stock. An seinem linken Arm bemerkte ich einen Trauerflor, mit dem er sich in der Schule nie sehn ließ. Wie anders doch legte er den Weg von der Tür zum Katheder zurück! Kniewerfend und wie ein Wirbelwind! Jetzt stieg er langsam und müde den Berg empor. Er lustwandelte, um in seiner Sprache zu sprechen. Wir rissen die Hüte vom Kopf. Ressl ließ hinterrücks seine Zigarette fallen. Als Kio uns erkannte, warf er seinen Schülern einen langen Blick zu, der aus Mißtrauen, mildem Spott und Traurigkeit unheimlich gemischt war. Dann erwiderte er mit der außerdienstlichen Höflichkeit, die uns zustand, den Gruß. Menschenwürde, dies war ja sein Lieblingsbegriff! Selbst Septimaner, denen man nicht über den Weg trauen durfte, waren bis zu einem gewissen Grade der Menschenwürde teilhaftig.

Mein erster Gedanke war: Er hat uns gesehn. Für morgen müssen wir eine sehr schlaue Lüge ersinnen, um unser Ausbleiben glaubhaft zu begründen.

Nach einer Weile wandte sich Schulhof nach dem Lehrer um:

„Seit zwei Jahren ist er nicht mehr der Alte."

„Wie das?"

„Ach so? Das liegt noch vor deiner Zeit, Sebastian. Damals hättest du ihn erleben müssen! Was, Ressl? Wenn er die Eroberung von Maglaj vorgeführt hat! Das Podium war eine Mauer, der Zeigestock sein Säbel, und Komarek mußte die Insurgenten markieren. Das war ein Leben damals! Wir sind unter den Bänken gelegen ..."

„Und was ist denn geschehen seitdem?"

„Weißt du das nicht? Sein einziger Sohn ist vor zwei Jahren gestorben. Leutnant bei den Kaiserjägern. Vierzehn Tage war Kio nicht in der Schule. Wie er zurückgekommen ist, hat man ihn nicht wiedererkannt, sag ich dir. Früher, da hat er uns aufgemischt, Herrgott, die Fünfer, die sind nur so geflogen. Jetzt ist das nicht mehr echt ..."

Ressl schien die ganze Zeit an etwas anderes gedacht zu haben.

„Adler", sagte er unvermittelt, „das wär schon eine Hetz ..."

Gran Canon war ein Nachtlokal, das seinen eigentlichen Zweck vorzüglich zu verschleiern wußte.

Es bestand aus einer Taverne und Bar sowie aus einem Wohnstockwerk, das die Eingeweihten kannten. Die Taverne war mit roten Tapeten und japanischen Lampions frisch hergerichtet. Man bekam hier zweifelhaften Champagner, gepanschten Wein, unechten Likör, echtes Bier, Cocktails und schwarzen Kaffee zu trinken. Damen, nicht als Kellnerinnen verkleidet, sondern in Gesellschaftstoilette, bedienten und nahmen an den Tischen der Gäste Platz. Mit diesen Damen konnte man zu des Klavierspielers Goldner falschgriffiger Musik tanzen. Erst nach näherer Bekanntschaft stellte es sich heraus, daß einige der Mädchen im oberen Stockwerk dieses Hauses ihr Logis aufgeschlagen hatten und Herrenbesuch zu empfangen geneigt waren.

Ewald Ressl, der Münchener Mystagoge, hatte seinem siebzehnjährigen Bruder nicht nur die Nachtseite der Geisterwelt, sondern auch die des Großstadtlebens erschlossen. Daraufhin erschloß Fritz Ressl mir dieses Paradies.

Er war sehr stolz auf seine Unerschrockenheit, auf seinen gewandten Umgang mit Mädchen und tat so, als wäre er hier schon seit Jahren Stammgast. Sicher und laut benahm er sich, selbst wenn viele Gäste zugegen waren, und rief Marfa oder andere Damen, in deren Gunst er sich sonnte, herrisch an seinen Tisch.

Nicht minder sicher fühlte sich Schulhof. Doch benahm er sich ganz anders als Ressl, ganz anders als ein Stammgast. Er tat so, als wäre er hier heimatsberechtigt, als zähle er nicht zu den Amüsierten, sondern zu den Amüseuren des Nachtgeschäfts. Schließlich gehört ja auch das Theater, dem er verfallen war, mit einem großen Wesensteil zu diesemBeruf. Schulhof trat nicht als Fremder auf. Er liebte es, mit den Mädchen über ihr Privatleben zu plaudern. Er konnte sich stundenlang mit dem betrügerischen Oberkellner unterhalten. Der Klavierspieler war sein Freund geworden. War er gut aufgelegt, so erfand er witzige Spiele, warf Silbermünzen in den Brustausschnitt seiner Freundinnen und angelte danach, ehe er sie verschenkte. Kurz, er benahm sich wie ein Mann vom Bau.

Meine Stimmung allerdings war bedeutend gedämpfter als die der Kameraden. Konnte ich aber in der Taverne ruhig sitzen bleiben und ergab sich nicht die Notwendigkeit, es den beiden andern an Mut und Abgebrühtheit gleich zu tun, so war ich zufrieden.

Ahnungslos betrat Adler an unserer Seite den Raum. Ressl machte sich sofort breit. Man wußte, wer er war, der Sohn eines Krösus. Der Klavierspieler verneigte sich tief. Schulhof trug seines schönen Organs wegen hier den Namen ›Caruso‹, dessen Stern in diesen Zeiten zu steigen begann. Goldner feierte ihn durch den Klaviervortrag einer bekannten Arie, die Caruso in selbstberauschter Pose mitsang.

Ich wandte mein Gesicht nicht von Adler.

Zuerst sah er gleichgültig und verständnislos drein, dann aber machte sich immer deutlicher ein Unbehagen bemerkbar. Er vermied es, die prallen und abgetakelten Frauen anzusehn, die durch den Raum schweiften.

Ich selbst ja spürte das Widerwärtige dieser Wesen in meiner Kehle, den verschlampten Geruch von Nikotin, billigem Parfüm, scharfem Schweiß und träger Hingabe. In meiner Brusttasche wußte ich die Kostümphotographie von Marianne und Martha. Noch hätte es Zeit und Möglichkeit gegeben, die Taverne zu verlassen, Adler mitzunehmen ...

Da ließ Ressl, der heut die Brieftasche seines Vaters geplündert hatte, Sekt kommen. Marfa setzte sich zwischen ihn und Adler. Sie schrie:

„Habt ihr eure Schulbücher verklopft, daß ihr gar so nobel seid?!"

Sie hatte richtig geraten. Bis auf den Homer und Tacitus, Kios Lehrgegenstände, besaß ich fast kein Lehrbuch mehr.

Marfa war noch die weitaus erträglichste unter den Frauen. Sie hatte wenigstens eine straffe Gestalt und gute Zähne. Ihre Stimme aber war verdorben. Sie klang so verraucht und verwüstet, wie die Atmosphäre von Gran Canon um fünf Uhr morgens zu sein pflegte.

Sie konnte gar nicht mehr leise sprechen:

„Ihr müßt merkwürdige Eltern haben! Ich sollte dir eigentlich etwas blasen, Ressl. Übers Knie legen und fünfundzwanzig aufgezählt, das wär das Richtige für dich, meiner Seel'!"

„Willst du nicht lieber den da übers Knie legen, Marfa?" schlug Ressl vor.

Marfa betrachtete Adler eingehend:

„Einen Neuen habt ihr mir da mitgebracht ... das ist ja ein Rosenjüngling!"

Und ganz hingerissen von dieser Wortfügung, kreischte sie immer wieder auf:

„Ein Rosenjüngling!"

Adler versuchte, ein gutmütiges Lachen zustande zu bringen. Aber er duckte sich nur. Marfa packte seinen Arm.

„Rosenjüngling! Eine Schönheit bist du nicht! Er hat ja einen Wasserkopf, euer Rosenjüngling. Aber in diesem Kopf ist Platz, da steckt etwas drin. Der Rosenjüngling ist intelligent. Ihr andern seid ganz gewöhnliche Schweine ...“

Marfa, die nicht mehr ganz einwandfrei an unseren Tisch gekommen war, wurde von plötzlicher Wut gepackt:

„Ihr seid gewöhnliche Schweine, weiter nichts! Ich fliege nur auf intelligente Menschen. Hörst du, Ressl? Du bist zwar ein vergoldeter Lausbub, aber ein Rosenjüngling bist du nicht. Und du, Caruso, bist ein eingebildeter Hochstapler mit Pomade, aber kein Rosenjüngling. Und der dritte da unter euch, der mit den hübschen Händen, den werde ich im Auge behalten, den Duckmäuser, das stille Waschwasser dort! Du schaust aus, als könntest du von vorne küssen und von hinten stechen, du ausgewachsener, scheinheiliger Mesnerbub du, mit deiner spitzigen Nase ...“

Der Oberkellner streifte unsern Tisch und neigte sich zu der Angeheiterten:

„Beleidigen Sie unsere Gäste nicht, Fräulein Marfa! Wie oft soll ich Ihnen das noch sagen!“

Sie aber schlug auf den Tisch:

„Ich hab's überhaupt nicht gern, wenn einer seinen Namen nicht nennt, du vorsichtiger Herr du! Wer kommt, soll seinen Namen nennen, punktum! Der Rosenjüngling würde mir gleich seinen Namen nennen. Aber, etsch, von ihm will ich's nicht, weil er der Rosenjüngling ist ...“

Ressl sprang auf und tanzte herum:

„Verführ deinen Rosenjüngling, Marfa, er gehört dir!“

Marfa aber schrie unablässig:

„Ich fliege nicht auf Elegante, ich fliege nur auf Intelligente!“

Kognak kam. Wir gossen ihn in den Champagner. Marfa hielt Adler umklammert, der sich eng zusammenzog. Das Zucken seiner Augenbrauen kannte ich gut. Er trank hastig. Wohl um das Spiel nicht zu verderben. Aber das Weiberfleisch neben ihm schien ihn qualvoll nüchtern zu halten.

Ressl schwenkte eine Banknote:

„Verführ ihn, Marfa! Ich komme auf ...“

Und er warf sich in die Brust wie ein reiches Bauernsöhnchen mit silbernen Knöpfen auf dem Rock. Mich giftete Marfas Angriff. Ich wollte beweisen, daß ich kein Duckmäuser, kein stilles Wasser, kein Feigling, kein scheinheiliger Mesnerbub, sondern ein ganzer Mann sei. Zu diesem Zwecke wettete ich mit Schulhof, daß ich imstande wäre, ein Wasserglas voll Kognak auf einen Zug zu leeren. Ich gewann die Wette. Daraufhin begann ich allmählich die Besinnung zu verlieren.

Ich weiß nur noch, daß ich Adler unentwegt anstarrte und feierlich immer wieder deklamierte:

›Die Welt kommt *doch* durchs Fenster in deine Kammer.‹

Und die Welt war ein riesiger Kaminfeger, der, von Dach zu Dach tretend, in Adlers Kammer einstieg.

Ich fand mich auf einer finsteren Treppe. Schulhof war verschwunden.

Ressl drängte sich an mich. Mein erstes Wort:

„Wo ist Adler?"

Ressl preßte meinen Arm:

„Oben! Sie hat ihn mitgeschleppt!"

Mir wirbelte der Kopf:

„Hinauf! Ich muß ihn sehn! Zusehn!"

Und ich holte aus mir ein langes, unternehmendes Lachen, als winke uns ein Hauptspaß. Mir war aber gar nicht zum Lachen. Ressl wollte mich zurückhalten:

„Du bist vollkommen besoffen, Sebastian!"

Ich war nicht so sehr betrunken, wie er meinte. Ganz klar wußte ich: Um jeden Preis muß ich Adler jetzt sehn.

Ressls Stimme klang sehr kleinlaut und schuldbewußt:

„Mir ist die ganze Geschichte unheimlich. Er, der sonst nichts verträgt, hat heute mehr vertragen als wir alle. Jetzt aber habe ich Angst, daß er überschnappt ..."

Ich zog Ressl mit mir. Er wußte, wo Marfas Zimmer lag. In der Dunkelheit ließ ich seine Hand nicht los. Wir standen in einem leeren Salon voll ekelhafter Plüschmöbel. Ich suchte den Ausgang, fand eine Tür und öffnete sie. Eine Portiere hing vor, die ich zurückschob.

Adler saß in Unterkleidern auf dem Bett. Ein großes nacktes Weib kniete vor ihm. Ihr Kopf schmiegte sich in seinen Schoß. Er sagte leise und unaufhörlich:

„Nein! Nein! Bitte gehn Sie fort! Gehn Sie fort!"

Ressl, der nichts sah, gab mir einen Stoß. Wir fielen geradezu ins Zimmer. Mit einem unbeschreiblichen Aufschrei sprang Adler vom Bett. Er starrte uns an wie die Hölle. Immer weiter schrie er. Seine Stirn wurde blutrot. Marfa floh zu uns. Sie suchte sich hinter meinem Rücken zu verstecken. Der Schrei gellte noch immer. Adler hatte einen dreiteiligen Toilettespiegel ergriffen. Aus bewußtlosen Mörderaugen starrte er uns an, aus Augen, in denen nichts mehr von ihm selbst lebte. Urschreck nur, der sich gegen das Grauen verteidigt! Und nun wurde der Schrei immer enger. Langsam setzte sich Adler auf den Boden und fing zu wimmern an und zu weinen, ebenso bewußtlos, wie er vorhin geschrien hatte.

Der Spiegel klappte zu.

Unser Rausch war fort. Grauen hielt auch uns umklammert. Wir sahen, daß der Weinende nicht bei sich war. In sein Schluchzen mischten sich unverständliche Worte. Eiskalt wurden unsere Hände vor Angst. Wir hoben ihn auf. Wir sprachen ihm zu:

„Beruhige dich, Adler! Das alles ist ja nur ein dummer Spaß! Lach darüber! Komm, komm, zieh dich an!"

Der Weinkrampf ließ nicht nach.

Marfa brachte Wasser. Schreckverzerrt war Ressls Gesicht: Was würde geschehn, wenn der Anfall nicht vorüberginge, wenn ein Arzt kommen müßte ...

Er flehte:

„Zieh dich an, Adler, mach keine Witze!"

Das nackte Fleisch, dachte ich und bat Marfa, aus dem Zimmer zu gehn.

Kaum war sie aus der Tür, als sein Schluchzen ruhiger wurde. Wir brachten ihm die Kleider. Er begann, frostklappernd, sich anzuziehen. Wir halfen ihm, gehetzt wie Diebe. Nur fort von hier! Jetzt führten wir ihn über die Treppe und verließen schnell das Haus.

Früher Morgen. Greller Sonnenschein. Wir standen, taumelnd, auf dem Platz. Die Marktbuden waren aufgeschlagen. Große Körbe mit Gemüsen, Blumen, Früchten wurden von den Landwagen abgeladen. Die Obstweiber schimpften und maßen uns Nichtsnutze mit kleinen wütenden Haßaugen. Käufer gingen schon zwischen den Ständen hin und her und prüften die pralle Ware mit den aufmerksamen Fingern von Ausgeschlafenen.

Adler stand und atmete.

Ressl hielt seine Schultern umfaßt:

„Also siehst du? Jetzt ist alles gut. Das ganze war doch nichts als Unsinn. Gar nichts ist dir geschehn."

Adler atmete.

Die Luft war unverbraucht und jung. Endlich kam das Lächeln der Erlösung. Schnell winkte ich Ressl zu:

„Wir nehmen einen Fiaker und fahren eine Stunde lang in der Hauptallee spazieren. Dann gehn wir ins Bad, und nachher leisten wir uns ein fabelhaftes Frühstück."

Adler war wieder bei sich. Er hatte diese Worte gehört. Wie ein Kranker freute er sich der Sonne:

„Ja, das tun wir! Das ist sehr gut ..."

Ressl führte ihn behutsam vorwärts. Beim Staatsbahnhof würde man genug Wagen vorfinden.

Ich käme ihnen gleich nach, sagte ich.

Ein leichter Schwindel hatte mich erfaßt und die Sehnsucht, nach dieser Nacht einen einzigen Augenblick wenigstens allein zu sein. Das Ringelspiel des Morgenmarkts begann sich träge um mich zu drehn. Ich lehnte mich gegen eine Hauswand ...

Auf einmal fühlte ich, daß Komarek vor mir stand. Ich sah es ihm an, daß er uns lange schon beobachtet hatte. Er trug eine Markttasche in der Hand, über deren Rand ein großer Kohlkopf lugte.

›Ach so‹, erkannte ich, ›er muß vor Schulbeginn die Hauseinkäufe besorgen, der Komarek.‹

Er aber sah mir mit seinem schief geneigten Kopf und seinen erbitterten Proletenaugen lange und frech ins Gesicht:

„Wo wart ihr?"

So erschöpft ich war, ich neigte mich ihm scharf entgegen:

„Was geht das dich an?"

Er rührte sich nicht. Er schwieg. Aber unabwendbar sahen mich diese Proletenaugen an, die sich immer tiefer und schwärzer mit Verachtung füllten. Und dann hob er ganz langsam, ganz ruhig, ganz ohne Wichtigkeit die Hand und versetzte mir eine starke Ohrfeige. War ich zu müde, mich auf ihn zu stürzen? Zu müde zur Rachsucht, zu feig? Mir brannte der Schlag auf der Wange, ich lehnte an der Wand und wunderte mich über mich selbst. Belüge ich mich, wenn ich jetzt empfinde, dieser Schlag sei mir nicht unangenehm gewesen?

Komarek wartete noch einen Augenblick, kostete ihn voll aus, drehte sich bedächtig um und ging davon. Er hatte mich gezüchtigt, ohne den Grund zu wissen, warum. Vielleicht nur, weil er zu dieser Stunde sein Leben mit dem meinen verglich.

Es war die erste und einzige Ohrfeige meines Lebens.

Komarek wird sie vor Gott nicht verbergen müssen.

Sechstes Kapitel

Kio, grimmig die Mittelstraße zwischen den Bankreihen durchwandernd, blieb stehn und pirschte sich dann auf Zehenspitzen leise von hinten an Adler heran:

„Fahren Sie fort im Text, wo wir soeben stehngeblieben sind!"

Adler bewegte ein wenig seinen schweren Kopf, seufzte auf und schlief weiter.

Hohngelächter keimte in allen Bänken.

„Ruhe“, donnerte der Klassenvorstand mit solchem Ernst, daß Totenstille sich eisig sogleich verbreitete. Er packte den Schläfer unter der Achsel und riß ihn auf. Dann betrat er mit knallenden Soldatenschritten das Podium:

„Vortreten, Adler!“

Der Gerufene stellte sich in der Einsamkeit zwischen Bänken und Katheder auf. Dies aber bekam er und bekamen wir zu hören:

„Übermorgen findet die letzte Lehrerkonferenz dieses Schuljahres statt. Der Würfel fällt, und Sie haben das Spiel verloren, Adler. Dies habe ich nunmehr bei allen Herren Kollegen in Erfahrung gebracht. Ihnen, dem ich einst eine glorreiche Laufbahn vorausgesagt habe, ist es gelungen, selbst einem Komarek den Rang streitig zu machen. Es sind aber auch noch andere da, über die das Gericht hereinbrechen wird. Ja, Ressl, Sie haben allen Grund, sich hinter Ihrem Vordermann zu verstecken. Und Sie, Sebastian, werden mich durch Ihr unschuldiges Gesicht nicht täuschen. Es ist der Fluch der bösen Tat, dieses unschuldige Gesicht. Ich habe eine dreißigjährige Staats- und Lehramtspraxis hinter mir, und die unschuldigen Gesichter gehen mir schon bis oben hinaus. Machen Sie lieber ein schuldiges Gesicht und stürzen Sie sich in letzter Minute auf die Arbeit! Das Schiff geht unter. Rette sich, wer kann! Si fractus illabatur orbis, impavidum ferient ruinae. Aber genug davon, denn Horaz gehört in den Lehrstoff der höchsten Klasse, die einige von Ihnen nicht erreichen werden.“

Persönliches Leid brach hier in die Rede ein:

„Noch im Vorjahr habe ich mich gefreut, mit einer fähigen Klasse aufzusteigen und Sie alle ausnahmslos dem praktischen Leben übergeben zu können, das Sie in Form des Universitätsstudiums und Einjährigfreiwilligen-Jahres erwartet. Sie haben mir diese Freude gründlich vergällt. Könnte ich's, würde ich mich noch heute von Ihnen zurückziehn. Ich gebe in jeder Stunde alles her, was ich besitze, und bin ein alter Mann. Sie aber sind jung und erwidern meine Hingabe mit Unaufmerksamkeit, Geschwätze, Gewetze, mit Lektüre unter der Bank, mit Geschmiere ober der Bank und hundert andern Allotriis. Sunt pueri pueri, pueri puerilia tractant. Sie sind aber längst keine Knaben mehr. Ganz im Gegenteil, fürcht ich!“

Jetzt fiel sein Blick wieder auf Adler, der regungslos vor dem Katheder stand. Kio fuhr sich ans Herz:

„Und Sie schlafen vor meinen Augen. Dieses Übermaß von Nichtachtung wagen Sie mir entgegenzubringen, der ich mir auf dem heißen Boden Bosniens in der Affäre von Maglaj eine allerhöchste Dekoration erworben habe ... Es gehen in dieser Klasse viele Dinge vor, die sich dem Licht des Tages entziehn. Alltäglich sind zwei, drei von euch krank oder wegen häuslicher Verwicklungen unabkömmlich. Wie komme ich mir vor? Wie ein Spitalschreiber komme ich mir vor, der die Patientenliste führt. Hier ist eine k. k. Lehranstalt und kein Taubenschlag! ... Doch Sie, Adler, mögen folgendes zur Kenntnis nehmen. Es besteht keine Hoffnung mehr! Ergreifen Sie ehetunlichst den Wanderstab! Haben Sie mich verstanden? Der Lehrkörper will von Ihnen nichts mehr wissen. Selbst der germanistische Kollege, Professor Stowasser, findet Ihren schriftlichen Gedankenausdruck unreif, prätentiös und aufgeblasen. Sie haben ihn erbittert. Der historische Kollege Wojwode ist mit seiner Fürsprache nicht durchgedrungen. Ich selber kann für Sie nichts mehr tun. Und ich will auch nichts mehr tun, da Sie, mir zu Dank, in meiner Unterrichtsstunde sich dem Schlafe ergeben. Machen Sie sich deshalb mit Ihrem Schicksal unverzüglich vertraut, das Sie nur sich selber zuzuschreiben haben. Oft genug habe ichIhnen die Hand zur Rettung hingehalten. Sapienti sat! Heute ist Freitag! Am Montag findet die Konferenz statt, die über Tod und Leben einiger anderer noch entscheiden wird. Am Dienstag werden Sie Ihren Herrn Vormund zu mir senden! Setzen!!"

Die Totenstille hielt weiter an.

Jeder fühlte, daß die Philippika nicht eine der üblichen Standreden Kios war, sondern daß ihm heute das Herz blutete. Noch immer bewahrte er Schweigen und kehrte nicht zum Tacitus zurück. Der grimmig-trübe Blick eines antiken Feldherrn, der den Verlust einer Schlacht beobachtet, drang durchs kahle Fenster und blieb an der hoffnungslosen Fassade eines Zinshauses hängen.

Wir hatten die Dinge zu weit getrieben. Mit dem häufigen Schulschwänzen, den nächtlichen Ausschweifungen des Spiritismus, der Trinkgelage, des Tavernenbesuchs war Anarchie, wie ich sie erträumt hatte, in die Klasse eingedrungen, die sich den Lehrern in hundert Einzelheiten offenbarte. Geistige Überheblichkeit trat hinzu. Durften Kenner des modernen Parnasses, denen verwegene Namen der Mode leicht von den Lippen flossen, dazu verhalten werden, ›den Gang der Handlung von Schillers Wilhelm Tell‹ nachzuerzahlen? Auf solche Prüfungsforderungen gab es doch nur eine Antwort: Verächtliches Schweigen. Und während des Vortrages der exakten Wissenschaften, ›die für das Leben nicht in Betracht kamen‹, wäre Aufmerksamkeit doch liebedienerische Kriecherei gewesen. Nicht nur Adler, die ganze Klasse sank. Selbst die führende Geige, Fischer Robert, klang verstimmt, so sehr sie sich auch ins Zeug legte. Aber der beste Konzertmeister ist in einem schlechten Orchester verloren. Es war unser Ehrgeiz, während des Unterrichts eine unruhige Privattätigkeit zu entfalten. Wollte Burda, mein Nachbar, der ja der geborene Pflichtmensch ist, sich dem Gegenstand hingeben, so trat und zwickte ich ihn so lange, bis er sich seines würdelosen Eifers schämte. Wir lasen Zeitschriften, wir schrieben Briefe, verdrehten Sprichworte zu frechen Paradoxen, zeichneten Karikaturen, schickten einander Epigramme und erwarteten mit Folterqualen das Schlußläuten, um uns ins Leben zu stürzen.

Noch heute ist es mir ein Rätsel, wie es uns Kindern gelingen konnte, so viele Nächte außer dem Haus zu verbringen. Die Umstände trafen für unsere Lebensgier günstig zusammen. Ressls Eltern bewohnten ein großes Stadtpalais, das eine Aufsicht ohne Kerkermeister unmöglich machte. Adlers Mutter war ja eine schwerkranke, bettlägrige Frau. Schulhof, dessen Eltern in einer Kleinstadt wohnten, lebte in freier Pension. Ich selbst bewohnte eine hübsche Stube im zweiten Stock über den Zimmern meiner Tanten. Unbemerkt konnte ich kommen und gehn, wann ich wollte. Von der alten Wirtschafterin, die mich verhätschelte, hatte ich mir, bald schon nach meinem Einzug, den Hausschlüssel erbettelt.

Nun stand die Katastrophe vor der Tür.

Die Lehrer hatten sich entschlossen, um der wachsenden Zuchtlosigkeit entgegenzutreten, mindestens ein Opfer dem Orkus zu weihen. Adler war für ein solches Opfer wie geschaffen. Dieser Mensch, dessen Riesenkopf wie eine Sonnenuhr die Länge des Schattens anzeigte, der sich über ihn gesenkt hatte, dieser Mensch ohne Falsch und Hinterhalt, der am bequemsten zu erwischen und zu vernichten war.

Gewiß werden Kio und Wojwode für ihn gekämpft haben, aber diese Alten waren schwach und verbraucht gegen den neuen Mann, der zu Beginn dieses Jahres zu uns gestoßen war.

Deutschlehrer Stowasser, der streng nationale Burschenschaftler, haßte Adler, er haßte seinen ›intellektuellen‹ Stil, den er für frech und verworfen erklärte; er strich seine Aufsätze ohne weitere Begründung von oben bis unten durch und traktierte sie mit der Note: ganz ungenügend. Diese Schneid aber, die aller Gerechtigkeit offen ins Gesicht schlug, hätte sich Deutschlehrer Stowasser nicht geleistet, wenn ihm die Erbitterung anderer Lehrer und Adlers eigene fast krankhafte Wehrlosigkeit nicht zu Hilfe gekommen wäre.

Kio führte mit leiser, mürrischer Stimme die Lateinstunde zu Ende. Adler saß unbeweglich da, den Kopf feierlich starr über des Tacitus Germania gebeugt.

Nach dem Mittagsläuten pflegte sich unsere Gesellschaft gewöhnlich noch im Gastzimmer einer Delikatessenhandlungin nächster Nähe von Sankt Nikolaus zu versammeln. Heute saßen wir allein an dem Tisch, Adler und ich. Kios Donnerworte hatten Entsetzen verbreitet und die andern verscheucht. Die menschliche Katastrophenfeigheit, das Sich-klein-machen, das Nichtswissen-wollen, zeigte sich nun im raschen Verschwinden aller andern. Züchtig waren sie nach Hause geeilt, sich in ihrem Winkel zu verkriechen und zu lernen. Schon bildete sich um Adler jener Bannkreis der Leere, der von den Menschen um jedes Opfer gezogen wird.

Adler, wachsgelb, starrte auf den Tisch:

„Dienstag ist alles aus ... Vor meiner Mutter bin ich gerichtet ... Und mein Onkel steckt mich noch vor den Ferien in sein Magazin ... Ich bin begraben für immer!"

Ich suchte nach Trost für ihn:

„Wir haben jetzt Ende Mai, Adler! Schulschluß ist am fünfzehnten Juli. Das sind noch volle sieben Wochen. Bis dahin wird sich vieles verändern."

„Am Dienstag muß ich meinen Vormund zu Kio schicken."

„Halt! Du sagst ihm einfach, dein Onkel sei verreist. Deine Mutter ist krank. Wenn ein Brief oder Tadelzettel kommt, fangen wir ihn ab."

„Wozu die Sache hinausschieben? Früher oder später! Ich werde mich umbringen oder Tuch verkaufen ..."

Er umklammerte mit ganzer Faust das Likörglas:

„Nein! Das sage ich dir! Nie, nie werde ich zu diesem Menschen gehn ..."

„Umbringen?" Schwer wog dieses Wort auf der Zunge.

„Zum Umbringen, weißt du, hat es Zeit bis zum letzten Augenblick. Jetzt aber müssen wir nachdenken, was sich tun läßt."

Alles, was Adler bisher erduldet hatte, war seelisches Schicksal gewesen, seine äußere Sicherung blieb unberührt davon. Er war Gymnasiast wie wir alle und durfte seinen Weg gehn. Jetzt aber stürzte mit einem Schlag diese Sicherung zusammen. Das Leben warf ihn auf den Abfallhaufen, wo der Onkel und seinesgleichen sich wohl fühlten und aus ihm ›einen Menschen machen‹ würden. Die einzige wirklich feindselige Regung, die ich an Adler je wahrgenommen habe, bestand in einem furchtverzerrten Haß gegen jenen Vormund. Er schilderte ihn als einen geizigen Hämling, der sein Geschäft mit pathetischer

Einbildung führte und sein Warenlager samt der Tageslosung für weltbewegende Dinge hielt, die nur durch die tiefe Ungerechtigkeit der Zeitläufte ihm nicht größere Ehren einbrachten. Daß ein Mensch nicht in die Reihen des Tuchhandels treten wollte, war Schwachsinn oder etwas Ärgeres. Bei seinem Neffen wenigstens, der die Universität besuchen wollte, die doch keinen anderen Zweck hatte, als aus Söhnen von Hungerleidern selbst Hungerleider zu machen. Auch er haßte, nach Adlers Meinung, den Neffen, denn wenn er ihn zu Hause oder auf der Straße traf, hatte er immer eine kränkende Bemerkung parat: „Wozu hast du so eine hohe Stirn, Franz? Bürgerlich romantisch vielleicht?" Oder: „Muß ein junger Mensch wirklich immer Brillen tragen? Du kannst dich bei deinem Vater bedanken. Er hat auch nicht zwei Schritte weit gesehn." Das Traurigste aber war, daß Adlers Mutter, die ihn gewiß liebte, den ganzen Tag lang mit Worten dieses Onkels räsonierte, auf seiten des Erbfeindes also stand, mit dem sie sich verschworen hatte, den eigenen Sohn zu vernichten, damit es ihm wohlergehe auf Erden.

Die Schule war Adlers Lebensraum, wo er noch eine Weile atmen durfte, die Gnadenfrist, die ihm vergönnt war, und der Hoffnungsschimmer einer späteren Rettung.

Dies war nun dahin.

Obwohl es mir selber hart genug an den Kragen ging und mein eigenes Schicksal mehr als zweifelhaft war, in diesem Augenblick dachte ich voll Mitleid nur an Adlers Tragödie.

Ach, es gibt im erwachsenen Leben keine, die dieser Sklaventragödie an Furchtbarkeit nachstünde! Denn nicht einmal die Waffe der lächelnden Gleichgültigkeit ist dem Sklaven des Jugendalters gegeben, jenes ›es geht vorüber‹ und ›so wichtig ist nichts auf Erden‹, das nur der freie Mensch kennt. Wie oft zerbricht ein Kind an der Angst des Geschöpfes, das durch keinen Rechtsvertrag geschützt ist!

Adler wiederholte:

„Ich weiß nicht, wie ich leben soll."

Da hatte ich einen Einfall, der mir kalt das Rückenmark hinabschauerte:

„Paß auf, Adler! Ich will jetzt eine Idee aussprechen, die Idee eines Verbrechens ..."

Nach diesen Worten konnte ich eine Weile nicht weiterreden. Dann:

„Fischer hat heute den Klassenkatalog aus dem Sprech- ins Konferenzzimmer tragen müssen ... Verstehst du mich, Adler?"

Er starrte noch immer unbewegt aufs Wachstuch des Tisches.

„Der Klassenkatalog liegt also nicht wie gestern versperrt in der Kathederschublade, sondern offen im Konferenzzimmer ..."

Jetzt erst hob er den Kopf.

„Was die Profaxen reden, Adler, ist nicht so wichtig! Der Klassenkatalog ist wichtig. Denn nur auf Grund der dort eingetragenen Noten kann die Konferenz entscheiden. Verstehst du mich jetzt? Man muß mit großem Scharfsinn vorgehn, hie und da ein ›Nichtgenügend‹ in ein ›Genügend‹ verwandeln, mehr ist ja auch nicht nötig. Und daß ich ein todsicheres Radierpräparat habe, das weißt du ja, Adler ..."

Er keuchte auf und krampfte die Nägel in meine Hand.

„Ich werde vielleicht dieses Verbrechen für dich begehn, Adler. Jawohl, es ist ganz gewiß kein Spaß, es ist ein Verbrechen und fällt nicht in die Disziplinarordnung, sondern unters Strafgesetz: Dokumentenfälschung! Wenn man erwachsen ist, kriegt man so an die drei oder vier Jahre dafür. Das weißt du ja selbst. Aber wir wollen sehn, vielleicht tu ich's für dich ..."

Mir war sehr weich zu Mute jetzt:

„Ich habe dich manchmal gefrozzelt, Adler! *Dein* Fehler, wenn du's mir nicht vergolten hast! Aber vielleicht hast du geglaubt, ich sei nicht dein Freund!? Nun, du siehst, deine Verehrer haben sich gedrückt, Bland und Burda! Es sind eben Stucker und nichts anderes. Jetzt wirst du vielleicht einsehn, wer dein Freund ist ...! Komm, gehn wir!"

Die Straße flutete schon sommerlich bunt. Noch immer zogen schlenkernde Scharen von Gymnasiasten aller Klassen, die sich verspätet hatten, vorbei. Die Turmuhr von St. Nikolaus schlug halb eins. Mit verschwörerischem Raunen befahl ich Adler, mich um sieben Uhr abends im Dunkel der Kirche zu erwarten. Dieser Raum schien mir zum Stil meines Planes zu passen. Dann schickte ich ihn fort. Keiner sollte uns beisammen sehn. Überall wuchsen schon Gefahren aus der Erde. Adler gehorchte wortlos wie ein Untergebener. Stumm gingen wir auseinander.

Abenteuerliche Angst, abenteuerlicher Rausch erfüllten mich und ein moralischer Stolz dazu, denn ich wollte ja für einen andern ein Verbrechen begehn.

Als ich um halb sieben Uhr in die Kirche trat, wartete Adler schon. Zur Vorsicht trug ich ein Heft mit lateinischen Hausarbeiten in der Hand. Ich griff immer wieder in meine Tasche, wo das Fläschchen mit dem Putzmittel steckte, das jede Schrift spurlos fortzaubern konnte. Schnell instruierte ich Adler, er solle ein paar Minuten nach mir das Schulhaus betreten, wenn ihm jemand entgegentrete, vorgeben, er habe ein Buch in unserm Klassenzimmer vergessen, sodann aber in den Konferenzsaal abschwenken, wo ich ihn schon erwarten würde.

Das Tor des Gymnasiums war geschlossen. Ein erstes unerwartetes Hindernis! Ich läutete. Der Schuldiener sah mich mißtrauisch an. Ich spürte, wie mein ganzer Körper langsam naß wurde. Doch gelang es mir sehr leicht, ungeduldige Eile zu spielen:

„Hören Sie, Herr Pettner, ich muß ins Konferenzzimmer hinauf, dieses Heft hier abgeben."

„Das Konferenzzimmer ist nach Schluß abgesperrt. Ich darf niemanden hineinlassen ..."

„Aber Herr Pettner, machen Sie doch keine solchen Geschichten! Ich habe Befehl von Kio, ihm mein Heft hinauf zu legen. Er kommt heute noch zur Korrektur."

„So warten Sie hier unten auf ihn!"

„Warten? Fällt mir nicht ein! Ausgeschlossen! Glauben Sie, ich habe Lust, mir meinen ganzen Abend zu verderben? Lassen Sie mich hinauf! Er will das Heft vorfinden."

Ich zitterte schon, der Pedell würde mir das Heft abfordern, um es Kio zu übergeben. Aber er sagte nur:

„Schüler im Konferenzzimmer ...? Das sind Neuerungen!"

„Gott, ich kann ja auch gehn, Pettner, dann aber werden Sie den Krach auslöffeln: Sie kennen ja Kio."

Ich hatte ihn schon bis zur Treppe gedrängt:

„Sagen Sie, Herr Pettner, mir kommt's so vor, als wäre ich den letzten Wein noch schuldig, den ich bei Ihnen getrunken habe ..."

Eine Stimme aus der Pedellenloge schrie: „Vater!" Gott sei Dank! Pettner gab den Kampf auf.

„Das Konferenzzimmer ist noch geöffnet", sagte er, „vom Reinemachen."

Jetzt kam Adler und stammelte unhörbar seinen Spruch. Mit brummiger Resignation gab uns der Alte den Weg frei.

Das Schicksalszimmer lag am Ende eines Ganges, der vorher ein Knie machte. Die Tür stand weit offen: Eimer und Besen der Scheuerfrauen waren noch gar nicht fortgeräumt. In fliegender Hast mußte die Tat ausgeführt werden.

Auf dem grünen Riesentisch lagen alle acht Klassenkataloge des Gymnasiums neben- und übereinander, grüngraue Foliobände. Ein Griff, und mit dem unsrigen zum Fenster, wo noch ungedämpftes Licht auf dem kleinen Zeichentisch lag! Ich sehe schnelle Wolken mit rotgelben Wundrändern. Ich sehe gespenstige Gegenstände, Lehrmittel, die zur Reparatur kommen sollten: eine Schlange und einen ausgestopften Affen.

Ich schlug natürlich meinen Namen zuerst auf. Das Resultat war elend genug. Aber ein Verdammungsurteil fand ich nicht. Wenn Zeit blieb, wollte ich meine Fortuna auch noch korrigieren. Ich stellte mein Diebswerkzeug hin, das Fläschchen, Wischer und Tupfer! Adlers Name! Er selber beugte sich weit über mich. Ich jagte ihn hinaus:

„Steh Wache, um Gottes willen!"

Zuerst nahm ich die Mathematik vor. Ich rief ihm zu:

„Drei Nichtgenügend! Eines lassen wir stehn, aus den zwei andern machen wir Genügend!"

Adler hauchte närrischerweise ein „Bitte sehr."

Ich selber war ganz ruhig geworden. Mich durchdrang ein lustreicher Zustand von indolentem Mut, als hätte ich zu meinem Werke ungemessene Zeit und Ruhe. Gar nicht hastig zündete ich mir hier im Hauptquartier des Rauchverbots eine Zigarette an. Ich ließ einige Tropfen auf die beiden ›Nicht‹ fallen und wartete, bis die Tinte aufgesogen war. Wieder stand Adler hinter mir. Wieder jagte ich ihn hinaus. Dann nahm ich den Tupfer. Das erste ›Nicht‹ verschwand.

Nun aber wandelte mich eine wohlige Frechheit an, der unbezwingliche Wunsch, das Schicksal herauszufordern und Adler mit Kaltblütigkeit zu foltern. Die gruselige Vorstellung, der Pedell könne jetzt eintreten, streichelte wollüstig die Nerven des Geschlechts. Ich unterbrach meine Arbeit und pfiff vor mich hin und suchte bedächtig einen Aschenbecher in diesem Zimmer. Als ich mich umwandte, stand Kio vor mir. – Die Wendeltreppe und den Separateingang der Lehrer hatte ich nicht in Rechnung gezogen.

Es war kein Schlag auf den Kopf, den ich verspürte, sondern ein leichter Schreck, der merkwürdig säuerlich-süß im Munde schmeckte.

Ich überlegte als erstes? Was wird Adler tun?

Jeder andere hätte das unermeßliche Glück, nicht ertappt worden zu sein, mit einem Stoßgebet ausgenützt und wäre davongerast. Adler aber trat in das Zimmer.

Kio sprach kein Wort. Er sah uns gar nicht an. Mit großen Schritten ging er auf und ab, nahm mit bewußtlosen Fingern allerlei Gegenstände in die Hand, in deren Anblick er sich mit wilder Aufmerksamkeit vertiefte. Wir sahen, wie seine plastischen Schläfenadern plötzlich hoch anschwollen, erstarrten Blitzen gleich. Er schleuderte das Buch, das er gerade in der Hand hielt – Gindelys Geschichte der Neuzeit für Mittelschulen –, mit einem Knall in die Ecke. Und wieder ging er auf und ab. Endlich blieb er vor mir stehn und sagte, bebenden Ekel in der Kehle, nichts als:

„Sie riechen nach Tabakrauch."

Und mit einer rasenden Bewegung, als wolle er mich auf die Straße schleudern, riß er das Fenster auf. Er hatte alles gesehn. Der Tropfen auf dem zweiten ›Nicht‹ war inzwischen zu einem großen, blauen Klecks angeschwollen.

Noch immer kein Wort. Er setzte sich und sah starr zum Kirchturm hinüber, als er mich ganz heiser anrief:

„Sebastian!"

„Ich bitte, Herr Professor ..."

Aber er machte nur eine leichte und erschöpfte Handbewegung zur Tür hin.

Wir fuhren aus dem Zimmer.

Vor dem Tor herrschte ich Adler an:

„Geh jetzt! Zwei richten nichts aus. Ich werde ihn abfangen."

An der nächsten Straßenecke blieb ich stehn und wartete eine volle Stunde. Als er dann kam, tat er so, als bemerke er mich nicht, und übersah meinen Gruß. Da wagte ich mich nicht an ihn heran. Ich hatte allen Mut verloren. Nun ging ich hinter ihm her, so daß er's nicht merken konnte und ich ihn doch nicht aus den Augen verlor. Abendlich berauschte Straßen! Die Welt hatte jetzt ein vollkommen neues Wesen angenommen. Die gleichmütig-dicken Menschenzüge fluteten dicht an mir vorbei, und dennoch so weitentrückt. Ich allein schritt in einer einsamen Nebelhülle von Schicksal, die mich belebte und zugleich betäubte wie ein schweres Punschgetränk. Wer wird mich retten? Und doch hätte ich diesen Zustand schrecklicher Erwartung nicht leicht hergegeben, diese ohnmachtsnahe Lust.

Jeder Kriminalist kennt ja die sonderbare Aufgeräumtheit, die Verbrecher kurz nach der Verhaftung zeigen. Oh, ich habe etwas Ähnliches sehr früh, ich habe es bei diesem Gang kennen gelernt.

Manchmal verlor ich den Lehrer dennoch aus dem Blick. Aber schnell hatte ich ihn wieder eingeholt. Nun bog er in stillere Straßen ein. Er trat in eine Trafik, sich eine Zeitung zu kaufen. Ich verschwand in einen Hausflur, daß er mich beim Heraustreten nicht erkenne.

Wir waren in einer nördlichen Vorstadt angelangt, wo nur ärmliche Menschen wohnen. Ich lernte verstehn: Kio ist nicht nur Ordinarius, er ist auch Mensch, und ein ärmlicher dazu. Nicht so leicht und fast erschütternd war's, diese Verwandlung zu begreifen. Kio entwuchs dem Bild, das ihn als unsern Herrscher zeigte, Aoriste prüfend oder die Affäre von Maglaj schildernd. Jupiter hatte einen beinahe schäbigen Rücken, und sein Nacken war mager und altersbraun.

Vor einem schmalen Haustor machte er Halt und wartete. Hatte er doch gefühlt, daß ich ihm folgte? Ich schlich näher.Ohne sich nach mir umzuwenden, sprach er in den dunklen Flur hinein:

„Folgen Sie mir!“

Krachende Stiege, enge Wohnung! Kio ließ mich in ein dunkles Zimmer treten. Dumpfer Knall des Auerlichts, ein Kindheitslaut, der aus der Welt verschwunden ist!

Jupiter wohnte in einer Wohnung.

Er schien eine Frau zu haben, denn aus der Küche kam ein langgezogenes: „Emil!“

An seinen vier Wänden hingen Stiche, die lebhafte Momente aus dem bosnischen Feldzug darstellten, und unter ihnen hing die vergrößerte Photographie eines jungen Mannes, mit einem Palmzweig geschmückt. Ein alter Offizierssäbel lehnte irgendwo. Auf dem Schreibtisch aber häuften sich in vielen hohen Stößen die Hefte der lateinischen und griechischen Komposition. Manche lagen aufgeschlagen mit den blutbefleckten Seiten grammatikalischer Schlachtfelder. In jener Stunde, die mich das erstemal ins Leben warf, fühlte ich das alltägliche Elend dieser vielen Hefte.

Jupiter zog einen Hausrock an:

„Setzen Sie sich!“

Ich nahm auf der Kante eines Stuhles Platz.

„Kennen Sie, Sebastian, den Beruf Seiner Exzellenz, Ihres Herrn Vaters?“

„Ja.“

„Nennen Sie ihn!“

„Präsident des Obersten Gerichtshofs.“

„Präsident des Obersten Gerichtshofs! Seine Exzellenz ist also Richter über allen Richtern und somit Richter über alle Menschen in Österreich. Habe ich recht?“

„Ja.“

„Ihr Herr Vater bestätigt jedes gerechte Urteil über einen Staatsbürger, das ihm vorgelegt wird. Sprechen Sie!“

„Ja.“

„Und wenn ihm ein gerechtes Urteil über einen Übeltäter vorgelegt wird, der sein eigener Sohn ist, was wird er tun?“

„Herr Professor ...“
„Ich frage Sie, was Seine Exzellenz diesfalls tun wird?“
„Herr ...“
„Er wird es schmerzerfüllt bestätigen!“
„Ich habe ...“
„Sie haben gar nichts, Sebastian. Denn auch ich werde, nicht anders als Ihr Herr Vater, der Gerechtigkeit freien Lauf lassen.“
„Ich habe mir ja nichts zuschulden kommen lassen, Herr Professor ...“
Kio nahm mein Fläschchen aus der Tasche und verlas die Etikette:
„Tintentod. Macht binnen wenigen Minuten jeden Fleck und jede Schrift spurlos verschwinden.“
„Die Flasche gehört nicht mir.“
„Und wem gehört sie?“
„Ich weiß es nicht.“
„Und was hatten Sie im Konferenzsaal zu suchen?“
„Wir, Adler und ich, wollten uns im Klassenzimmer ein vergessenes Buch abholen. Da sahen wir die offene Tür und sind aus Neugier hineingegangen.“
„So!? Und aus Neugier haben Sie den Klassenkatalog zur Hand genommen?“
Ich schwieg.
„Und aus Neugier haben Sie das gemeine Delikt der Fälschung begangen?“
„Ich habe es nicht begangen.“
Kios Stimme klang auf einmal nicht mehr richterlich:
„Es wäre gut, Sie würden sich mir gegenüber nicht aufs Leugnen verlegen.“
Nur ein Hauch gelang mir:
„Ich bin unschuldig.“
„Sie behaupten somit, daß Adler dieses Delikt verübt hat?“
Wiederum schwieg ich. Leer und stumpf war's in mir. Die einzige Regung, mich selber auf die niedrigste und gewöhnlichste Art herauszuschlagen.
Kio war jetzt weder Lehrer noch Richter. Scharf wandte er sich mir zu, als läge zwischen uns beiden ein Ehrenhandel vor:
„Ich erwarte, daß Sie diese Behauptung zurückziehn!“
Ich schwieg.
„Sebastian! Homo sum, nil humani a me alienum puto. Haben Sie mich verstanden?“
„Ja!“
„Wo aber die Ehrlosigkeit und die Schufterei beginnt, dort hört für mich der homo auf!“
Mir kam meine eigene Stimme kaum zum Bewußtsein:

„Es war ja nicht *mein* Name ...“

Kio sprang auf, lief aus dem Zimmer, kehrte aber gleich wieder zurück. Ich hatte während des ganzen Verhörs das Bild des jungen Menschen in Leutnantsuniform angestarrt. Ohne zu wissen warum, klammerte ich mich an diese Photographie, als könnte sie mir Hilfe bringen. Kio bemerkte es und wurde immer nervöser und nervöser. Ich aber, der spürte, daß mein Blick ihn beirrte, starrte den Leutnant nur noch fester an. Auch jetzt, da Kio wortlos im Zimmer hin und her lief. Er jedoch stampfte plötzlich auf, und mit der gleichen rasenden Bewegung, mit der er das Fenster des Konferenzsaals aufgerissen hatte, holte er jetzt das Bild seines Sohnes vom Nagel und stellte es mit dem Gesicht zur Wand. Lange mußte er auf und ab gehn, um sich zu beruhigen. Dann fragte er, leise, über seine Schulter weg: „Sind Sie bereit, mir zu Händen eine schriftliche Erklärung abzugeben, daß Adler der Schuldige ist?“

Ich gab keine Antwort. Nach einer Weile sah ich Kios wohlbekannte Handschrift auf einem weißen Blättchen. Wie im Traum unterschrieb ich. Achtlos warf Kio den Zettel zur Seite. Diese und wohl auch noch andere Einzelheiten hätten mir zeigen können, daß er uns nicht richten, sondern retten wollte! Mir aber fiel nichts mehr auf.

Kio schien über mein Aussehen zu erschrecken. Er näherte sich mir und legte seine kalte Hand auf meine Stirn.

„Wollen Sie nicht ein Glas Milch zu sich nehmen?“

Und eigenhändig brachte mir der alte Lehrer das Getränk aus der Küche, das ich folgsam leerte, während sein unendlich gramvolles Gesicht mir ganz nahe kam.

Es folgte eine Nacht des tiefen Schlafes.

Am nächsten Morgen spürten alle, daß sich eine große Sache begeben hatte, obgleich von keiner Seite eine Erwähnung geschah. Dies war ja auch nicht nötig. Jeder Gemeinschaftskörper beginnt unbewußt zu fiebern, wenn eines seiner Glieder erkrankt oder von Gefahr bedroht wird.

So fieberte auch die Septima zu Sankt Nikolaus, ohne zu wissen, was vorgefallen war. Es war ein angenehmes Fieber übrigens für die meisten, denn die prickelnde Erwartung einer Katastrophe lag in der Luft, bei der es doch immer mehr Zuschauer als Opfer gibt. Ressl und Schulhof umschlichen mich neugierig. Sie stellten schüchterne Fragen. Ich versank im Homer. Am unheimlichsten aber wirkte Faltin. Er war das feinstdenkbare Präzisionsinstrument für derartige Erdbeben. Doch weil er eine allzu empfindliche Magnetnadel vorstellte, gab er zu großen Ausschlag und zeigte statt eines Striches alle zugleich an. Hundert Vermutungen und Gerüchte strahlten von seinem Platz über die ganze Klasse: Wir wären im Gran Canon erwischt worden ... Der Schwänzturnus sei aufgedeckt ... Komarek habe dem Professor Stowasser mit dem Stock gedroht ... All diese Gerüchte spielten für kurze Augenblicke wenigstens die Rolle der Wahrheit. Faltin aber zitterte in seinen Grundfesten vor seliger Unruhe. Nach der großen Pause stürzte er ins Klassenzimmer:

„Sie sind alle beim Alten, beim Direktor."

Das kam sehr oft vor. Aber heute hatte es seine unabwendbare Bedeutung. Er verschwand sofort, um seinen Horchposten zu beziehen. Einen Augenblick später fuhr sein Kopf wieder zur Tür herein:

„Jetzt geht Stowasser fort."

Eine harmlose Tatsache, von der auf einmal ungewisse Beklemmung ausging. Laut schlug Faltin die Tür hinter sich zu. Aber zehnmal mindestens noch riß er sie wieder auf, um eine beglückte Situationsmeldung des nahenden Unheils ins Zimmer zu schleudern. Adler und ich saßen ruhig, sprachen weder miteinander noch auch mit den andern.

Mitten während einer fremden Stunde erschien Kio unter uns. Kerzengerade schoß alles auf. Er verkündete scharf:

„Montag, um zwölf Uhr mittags, finden sich Adler und Sebastian bei mir im Sprechzimmer ein!"

Von dieser Sekunde an waren wir beide, wie mit Handfesseln zusammengekettet, zu einer verfemten Einheit geworden. Selbst die Großschnauzen der Schulverachtung, Schulhof und Ressl, machten einen verschämten Umweg um uns. Wir waren allein.

Wir blieben in meiner Wohnung. Die Tanten waren, wie sie es im Frühjahr oft taten, über Samstag und Sonntag zu Freunden aufs Land gefahren.

Ich fand nicht den Mut, Adler meine schurkische Lüge einzugestehn. Ich sagte einfach, Kio wisse alles. Er habe uns beide betreten und mache keinen Unterschied. Immer wieder ertappte ich mich auf dem Gedanken: wenn Adler plötzlich aus der Welt verschwände, könnte sich für mich alles zum Guten wenden. Die Erklärung meiner Unschuld hatte ich ja zu Handen Kios gefertigt. Nicht auf meiner Buchseite war das Verbrechen nachweisbar.

Aber Adler lebte!

Keine Macht der Welt konnte ihn verschwinden machen. Schonungslos entwarf ich das Bild der Zukunft:

Am Montag würde uns Kio in seinem Sprechzimmer den Befehl erteilen, vor der Konferenz zu erscheinen. Wenige Stunden später findet unter des Direktors Vorsitz das Verhör statt. Kein Leugnen hilft, denn das corpus delicti, der blaue Klecks im Klassenkatalog, ist weithin sichtbar vorhanden. Kio und

Wojwode können, selbst wenn sie es wollten, keinen Verteidigungs- oder Vertuschungsversuch unternehmen. Das Urteil wird gefällt, das heißt ein Protokoll über unsere gemeinsame Missetat wird aufgenommen und an die höhere Schulbehörde geleitet, die den Verdammungsspruch zu verhängen hat. In der Wartezeit, ehe das unwiderrufliche Endurteil herabgelangt, wird uns der weitere Schulbesuch untersagt, damit die bessere Jugend von der Einwirkung verbrecherischer Elemente verschont bleibe. Dann – es ist noch keine Woche verstrichen – erscheint schamrot und mit gesenktem Kopf Fischer Robert in unserer Wohnung, um uns zu verkünden, daß wir dann und dann im Gymnasium zu erscheinen haben. Bei Verhängung eines einfachen Karzers muß der Direktor anwesend sein, bei diesem feierlichen Akt aber, der ganz gewiß wie sonst nur dynastische Gedenktage im großen Turnsaal stattfindet, ist die ganze Anstalt zugegen, der volle Lehrkörper, alle Schüler, selbst die Kinder aus den untersten Klassen, und wer weiß, vielleicht auch die Eltern oder deren Stellvertreter. Festkleidung ist selbstverständlich vorgeschrieben. Tante Aurelie erscheint im Witwenschleier. Adlers Mutter wird vielleicht im Rollstuhl in den Saal gefahren werden. Dann ruft uns der Direktor vor – er steht auf einem eigens errichteten, palmengeschmückten Podium – und legt in unsere Hand das Dokument der Schande, das uns für ewige Zeiten aus dem Nikolausgymnasium und aus allen Mittelschulen des Reiches ausstößt. Vielleicht, fügte ich hinzu, wird der Gesangslehrer dann noch ein Stück auf dem Harmonium spielen, die Eltern oder deren Stellvertreter ziehen das Taschentuch, und der Schulchor singt: ›Die Himmel preisen des Ewigen Ehre!‹ Mit diesem Akt aber ist das Trauerspiel noch nicht zu Ende. Es wird so lange währen, als unser Leben währt. Der Besuch einer Universität ist uns für alle Zeiten verschlossen. Ich kann also nicht Jurist werden, nicht Staatsbeamter, wie es mein Vater von mir fordert, und wie es auch meine einzig mögliche Zukunft ist. Der Präsident des Obersten Gerichtshofs vernimmt, daß er einen Schwerverbrecher zum Sohn hat. Da kann selbst ich es ihm nicht verübeln, daß er mir befiehlt, einen andern Namen anzunehmen als den seinigen. Er selber wird diese Namensänderung betreiben oder durchführen. Daß ich von ihm keinen Heller mehr erhalte, ist selbstverständlich. Schließlich wird auch meinen Tanten verboten werden, mir länger Unterkunft zu gewähren. Adler aber könne Gott danken, wenn der Vormund ihn als unbezahlten Kommis in seinem Tuchgeschäft anstelle und ihn täglich nur einer hämischen Bemerkung würdige: ›Um das Lagerbuch richtig zu führen, muß man auch ein gebildeter Mensch sein, mein Lieber!‹ Ob er nun zwanzig, vierzig, sechzig Jahre alt sei, immer werde er unbezahlter Kommis bleiben …

Es war Sonntag, elf Uhr morgens, als ich den Vorschlag machte, noch einmal am Kelche des Lebens zu nippen und eine Henkersmahlzeit der Seele zu feiern. Wir brachen auf, um, wie ich glaubte, das letztemal in diesem Leben die Spielplätze meiner Verliebtheit aufzusuchen.

Als wir oben ankamen, brach ein wütender Platzregen los, der die vielen netzumgrenzten Felder wie in Kreidestaub hüllte. Wir erfuhren, daß alle Herrschaften sich ins Gartenrestaurant geflüchtet hatten. Das Klubhaus war leer. Wieder kam mir der unverschämte Ledergeruch entgegen, dieser würzige Duft gegerbter Verwesung. Ich stieß die Türe zu den Ankleideräumen der Damen auf. Adler erschrak. Da er mich nicht zurückhalten konnte, folgte er mir. Kein Mensch befand sich in den Zimmern, wo eine peinliche Ordnung und Stille herrschte. Es hing kein Hut und kein Kleidungsstück an den Rechen, alle Kasten waren versperrt, nichts fand sich, was an Frauen erinnerte.

Dort aber, fast in der Mitte des zweiten Zimmers, standen zwei kleine Schuhe. Ungeheuer lebendig standen sie da, keck vorgestellt der eine, nachzögernd der andere, die niederschmetternde Vision eines Frauenschritts, mächtiger als alle Wirklichkeit. Da hielt ich mich nicht und heulte los. Es war kein Ausbruch empfindsamer Tränen, es war die ums Leben betrogene Erbitterung eines Galeerensklaven, die losbricht. Ich glaube, daß ich ein kurzes Gebrüll ausgestoßen habe. Adler kam auf mich zu und faßte mit liebreizender Unbeholfenheit meine Hand. Aber er verstand nur, daß ich weinte, nicht daß ich wütend war. Er sah Tränen im allgemeinen, ein Leid, eine Seele, nicht Sebastian, nicht mich, dieser abstrakte Unmensch. Ich stieß ihn fort, ich warf mich über die Schuhe und riß eine Schnalle ab.

Marianne, die mit zwei andern Damen eintrat, hatte, Gott sei Dank, davon nichts bemerkt.

„Was macht ihr hier?“ fragte sie streng.

Seit gestern abend war ich umgewandelt. Keine Spur von Schüchternheit steckte mehr in meiner Kehle:

„Wir suchen Sie, Fräulein Marianne.“

Sie erstaunte merklich über meinen Ton, folgte uns aber vors Haus. Der Regen hatte aufgehört.

Ich sah sie frei an, wie noch nie. Sie trug ihr weißes Sportkostüm und einen Regenmantel drüber, den der Wind bewegte:

„Wir kommen, um Abschied von Ihnen zu nehmen, Fräulein Marianne!“

„Was heißt das? Machen Sie denn eine Reise?“

„Reise oder nicht! Man wird in der nächsten Zeit allerlei Dinge zu hören bekommen. Bewahren Sie uns bitte ein freundliches Andenken!“

Ich spürte genau, daß ich sehr unsympathisch wirkte, daß ich ihr unangenehm war. Sie wurde zur herablassenden Dame, die mit zwei Kindern spricht:

„Ich hoffe, daß ich Ihnen noch überhaupt kein Andenken werde bewahren müssen."

„Oh, unterschätzen Sie solch ein Andenken nicht! Es gehört mehr Mut dazu, als man meint, vor gewissen Leuten einzugestehn, daß man sie gekannt hat. Ich weiß nicht, ob Sie diesen Mut haben werden, Fräulein Marianne!"

„Bisher verstehe ich kein Wort von all dem Geschwätz ..."

Ich blähte mich immer mehr auf:

„Es sind aber auch solche Leute wieder auferstanden. Heute noch schäbige, verworfene Nichtse, die niemand anspuckt, und morgen setzen sie die Welt in Erstaunen ... Man erinnert sich wieder gütigst. Das soll schon vorgekommen sein."

Sie zeigte Langeweile:

„Ich glaube, Sie täten besser daran, sich fleißiger mit Ihren Schulbüchern zu befassen."

„Sie halten uns also für Schulbuben, Fräulein Marianne?"

„Ganz gewiß halte ich Sie dafür."

„Ich kann Ihnen aber unter Diskretion verraten, daß wir seit gestern keine Schulbuben mehr sind. Wir stehen verdammt im Leben. Nicht wahr, Adler?"

„Ja! Das ist wahr", sagte er.

Sie sah ihn an. Verlassen und einsam stand er da wie ein junger Blinder. Sein Gesicht war ganz grau. Mütterlichkeit regte sich in Marianne:

„Ist Ihr Freund krank?"

„Nicht kränker als ich. Uns beiden fehlt das gleiche."

„Nein, das glaube ich nicht. Sie sind nicht im geringsten bedauernswert. Ihm aber fehlt wirklich etwas. Warum kümmert man sich nicht mehr um ihn?"

Da fuhr ein Sturm von Frechheit in mich:

„Fräulein Marianne! Ich muß Ihr Angebot, mit Ihnen im Turnier zu spielen, dankend ablehnen. Ich habe keine Zeit."

Sie fand zuerst kein Wort. Dann sagte sie, aber ohne Schlagfertigkeit:

„Ich spiele überhaupt nie in einem Turnier."

Die Nadel der Schuhschnalle bohrte sich in meine Hand. Ich fühlte einen entsetzlichen Mut. Wäre sie stehn geblieben, ich hätte mich auf sie gestürzt und sie an mich gerissen. Sie aber trat leise auf die Torstufe:

„Ich muß hinein."

Flüchtig reichte sie mir die Hand. Als Adler aber seine Verbeugung machte, fuhr sie ihm mit einer weichen und unbeschreiblich liebkosenden Bewegung übers Haar.

Finster schweigend ging ich mit ihm über die Brücke nach Hause. Wie wir es oft taten, blieben wir an einer bestimmten Stelle stehn und sahen in den grauen Fluß hinunter, den ein langes Wehr kämmte wie schmutzig-weißes Haar. Ich setzte die Betrachtung unseres Elends fort:

„Daß wir hinausgeschmissen werden, Adler, das ist nicht alles! Vielleicht gehört unser Fall vor eine andere Instanz, als den Landesschulrat. Vielleicht tritt er ihn dem Jugendgericht ab. Und dann werden wir in eine Besserungsanstalt gesteckt, in die Katorga, in die Hölle ... Was sagst du dazu?“ Adler überlegte sehr lange, dann schloß er:

„Es ist nicht nur möglich, sondern sehr wahrscheinlich.“

Zu Hause teilte man uns sogleich mit, unser Mitschüler Fischer Robert sei hier gewesen, um mir einen Auftrag von Professor Kio zu überbringen. Er habe eine Stunde lang gewartet und sei dann mit einem Brief in der Hand zu dem andern Herrn gegangen. Er werde aber heute nicht mehr wiederkommen.

Wir saßen einander mit erstarrten Körpern gegenüber:

„Da hast du es, Adler!“

Eine Ahnung leuchtete in ihm auf:

„Und wenn es etwas Gutes ist?“

„Wie kann es denn etwas Gutes sein? Das Verbot, morgen in die Schule zu kommen, bestenfalls!“

„Wenn er uns aber sprechen will?“

„Das Verhör wird noch früh genug stattfinden.“

„Sollte ich nicht nach Hause gehn, Sebastian?“

„Nach Hause? Deine Mutter hat längst den Brief in der Hand. Dein Onkel sitzt schon bei ihr. Wenn du Lust hast, kannst du ja nach Hause gehn.“

Verzweiflung brach aus ihm:

„Nein, ich kann nicht nach Hause gehn.“

Und er warf den Kopf über seine Arme.

Es war schon sechs Uhr abends, als wir langsam in die Idee des gemeinsamen Selbstmords glitten. Ich hatte das Wort als erster ausgesprochen. Adler lag auf dem Diwan meines Zimmers. Dieses Wort schien ihn glücklich zu machen. Er hatte es erwartet, wie eine Erlösung, an die er nicht zu denken gewagt. So selbstverständlich war ihm der Tod, daß er nicht die kleinste Bewegung machte. Auch ich hatte keine Furcht. Eine starke Spannung beherrschte mich, als läge etwas sehr Interessantes vor mir, eine Reise, ein abenteuerliches Erlebnis.

Alles bekam mit einem Schlag eine andere, gehobene Bedeutung.

Schülerselbstmord! Nicht mehr gelten wir als Verbrecher. Alle Schuld fällt auf die Lehrer. Die Zeitungen werden sich unser annehmen. Ein scharfes Strafgericht fegt den Lehrkörper auseinander. Die Schule bleibt geschlossen. Man wird an unserem Grabe Reden halten. Wir sind zu Helden geworden, zu blutigen Opfern der Tyrannei, hoch emporwachsend über alle Ressls, Faltins und Burdas ...

Für diese Gedanken hatte Adler wenig Verständnis. Er begann zu erörtern, auf welche Weise wir die Tat begehen sollten. Morgen dürften wir ja nicht mehr leben. Aber eine Waffe besaßen wir nicht. Auch hätte der Revolver vorausgesetzt, daß einer von uns zum Mörder werde. Gift konnten wir uns nicht verschaffen. Vor dem Erhängen empfand Adler Abscheu. Es blieb das Leuchtgas.

Wir beschlossen, Schirm und Lichtgestell von der Tischlampe meines Zimmers herunterzutun. Die Tür wurde verriegelt, die Fenster dicht verschlossen. Jetzt war noch zu überlegen, ob wir Briefe zurücklassen sollten. Ich dachte zuerst an ein solennes ›Sendschreiben an die Menschheit‹. Adler erklärte diesen Gedanken für ekelhaft. Später aber bestand ich darauf, daß jeder von uns auf einen Zettel folgende Worte hinterließ:

›Ich scheide freiwillig aus dem Leben.‹

Dann schlug ich Adler vor, sich angekleidet auf mein Bett zu legen. Ich selbst wählte den Diwan. Adler lag schon. Er hatte Eile. Jetzt öffnete ich den Gashahn. Schnell noch trat ich an den Waschtisch, um mich fürs Sterben zurecht zumachen: Ich zog mir einen neuen Scheitel, den ich mit Brillantine festlegte, damit der Todeskampf ihn nicht zerstöre. Alles war getan. Still legte ich mich auf den Diwan, wie ein Ritter auf sein Grabmal. Es war Nacht geworden.

Schlief er schon? Ich rief ins Dunkel:

„Adler! Kannst du nicht eine Stelle aus deinem ›Friedrich‹ hersagen?"

Keine Antwort. Er schlief.

Doch dann kam eine Stimme von der andern Wand her. Da ich den großen Kopf und die starrenden Augen nicht sah konnte es eine Stimme ohne leibliche Herkunft sein:

„Entsende, Priester, deinen Bannstrahl nur!
Zerschmettre den, der längst zerschmettert ist!
Das Meer tanzt um die Klippe ohne Schuld ..."

„Weiter!“

„Blödsinn! Es ist Kitsch!“

„›Das Meer tanzt um die Klippe ohne Schuld ...‹ Das ist tadellos, Adler! Siehst du, mir wäre so etwas niemals eingefallen. Ich hätte einfach gedichtet: ›Das Meer umspült die Klippen.‹ – Ach was, nicht einmal *das* hätte ich gedichtet. Aber du hast eine ganze Vision in die Zeile gelegt. Das Meer ist ein Mädchen oder eine Frau. Sie trägt irgend etwas Weißes, ein helles Sportkostüm, nein, höchstwahrscheinlich Mull, gewiß trägt sie Mull. Und sie tanzt ruhig, ganz allein, ganz für sich um die Klippe. Eine alte, ekelhafte Klippe – ich sehe deutlich unsern Direktor –, und sie tanzt dieser Klippe um den Ziegenbart. Den Hofknicks machen kann sie auch, das Meer. Immer wieder entfernt sie sich im Hofknicks, das Meer. Sag einmal, Adler, mar maris, Wortstamm mar, das ist doch der gleiche Stamm wie Maria? Was? Glaubst du, daß vielleicht das Meer mit der Jungfrau Maria zusammenhängt, oder überhaupt mit dem Namen Maria ...?“

„Stern des Meeres ... Leicht möglich ... Aber schlaf nun endlich!“

„Siehst du, ich glaube, daß ich jetzt eine philologische Entdeckung gemacht habe. Dem Fischer wäre der Zusammenhang zwischen dem Meer und allen Marien der Welt nicht eingefallen. Er ist nur eine Ratsche oder eine Streubüchse. Man schüttelt Merksätze aus ihm: ›Begierig, kundig, eingedenk, teilhaftig, mächtig, voll ziehen den Genetiv nach.‹ Er kommt nicht einmal drauf, daß Genetiv den gleichen Stamm hat wie Genitalien. Was? Dafür aber prangt sein Zeugnis wie eine weißgekleidete Jungfrau ...“

„Schlaf!“

„... Ohne Schuld ... Das ist das Schönste an deinem Vers! He ...! Adler!“

„Ja?“

„Spürst du schon etwas?“

„Nichts!“

„Ich auch nicht.“

„Das dauert noch lange.“

„Adler! Weißt du, daß du viel begabter bist als ich. Dein ›Friedrich‹ ist ein geniales Werk ...“

„Blödsinn! Er ist ganz unreif! Gib doch endlich Ruhe!“

„Ich werde dir etwas sagen, lieber Adler! Steh auf, geh fort, laß mich hier allein krepieren! Was kann dir diese Geschichte schaden? Rede dich morgen auf mich aus! Sag, du hast von dem Ganzen nichts gewußt! Und überhaupt pfeif drauf! Du bist ein Genie und wirst einmal den Nobelpreis bekommen. Ich aber, ich bin unbegabt ..."

Ich hörte, wie Adler im Dunkel eine Bewegung machte und sich zu mir hinüberwandte. Nichts war zu sehn. Und dennoch sah ich den unerbittlichen, unbestechlichen Grund seiner Augen:

„Unbegabt, Sebastian ... Das ist bei dir etwas ganz andres ... Darüber müßten wir lange reden ... Aber wozu noch lange reden ...? Jetzt ist ja alles schon gleichgültig ... Schweig und schlaf!"

Ich bekam keine Antwort mehr.

Mit einem leisen Ton strömte das Gas aus. Es war, als sei das Element der Zeit hörbar geworden: Eine gleichförmigröchelnde Melodie.

Mit einem Ruck setzte ich mich auf. Welch ein Wahnsinn! Leise rief ich den Sterbegenossen an. Ruhig schlafend rührte er sich nicht mehr.

Wenn ich aus dem Zimmer gehe, wenn ich ihn verlasse, dann ist er ja aus der Welt verschwunden, dann bin ich gerettet. Niemand kann dann mehr beweisen, daß ich es war, der die Zensur gefälscht hat. Niemand auch kann beweisen, daß ich von seinem Selbstmord das geringste wußte. Ich gehe ganz einfach aus dem Haus und kehre erst nach Mitternacht heim, wenn schon alles vorüber ist. Wer will behaupten, daß ich der Mörder sei? (Nur meinen Abschiedszettel muß ich vernichten.) Wir sind einfach in meinem Zimmer zusammengekommen, um gemeinschaftlich zu studieren. Gegen sieben Uhr habe ich plötzlich Kopfschmerzen bekommen und bin spazieren gegangen. Zu Adler sagte ich vorher, er möge ruhig bei mir bleiben und es sich bequem machen, ich würde sehr lange ausbleiben, um meine Kopfschmerzen loszuwerden ... Ein lückenloses Alibi!

Ich trat im nun erwachten schwachen Straßenschein an Adlers Lager. Er schlief mit halboffenem Mund. Er hatte die Brille abgenommen. Sein Gesicht war schön. Leise schlich ich aus dem Zimmer. Leise schloß ich die Tür hinter mir.

Groß und einsam war das Haus.

Agnes, die Wirtschafterin, und die Mädchen meiner Tanten hatten alle Sonntagsausgang. Mein Mut reichte nicht, um dieses Haus des Todes zu verlassen. Der Flügel stand offen. Während mein Kamerad oben seinem Ende entgegenschlief, setzte ich mich ans Klavier und griff ungewöhnliche Akkorde. Dabei lag mein Kopf fest auf den Tasten, und ich sprach zu dem schwarzen und weißen Elfenbein: „Das Meer tanzt um die Klippe ohne Schuld ..." Aber Geld werde ich doch brauchen! Woher heute Geld nehmen? Wo überhaupt soviel Geld hernehmen, wie es in einer solchen Situation notwendig werden kann?

Aurelie pflegte manches Schmuckstück in ihrem Wäscheschrank zu versperren. Ich dachte an den Korb mit den vielen ausgeschiedenen Schlüsseln, der im Schlafzimmer der Tante zu finden war. Einer vielleicht würde sperren. Einer sperrte. Ich hielt einen großen altertümlichen Hängeschmuck in der Hand.

Während ich diese Tat vollführte, war mein Herz nur wenig von Angst und viel mehr von Rührung erfüllt. Ich hatte meine Tanten bisher nicht für Frauen gehalten, sondern eben nur für Tanten. Jetzt, während ich Aurelie in ihrem Schlafzimmer bestahl, offenbarte sich mir zum erstenmal das heimlich-fremde Hausen der Frauen: Diese zarte Ordnung im Wäscheschrank, verschämt und schamlos zugleich, mit Geweben, unwirklich wie Lüge, mit kleinen Taschentüchern, die keine sind. Auf dem Spiegeltisch die Flakons und Toilette-Schaustücke, die ich so oft schon gesehn, ich sah sie zum erstenmal. Ach ja, Aurelie war erst vierunddreißig Jahre alt. Während ich meinen Raub in der Hand hielt und Adler starb, riß ich verborgene Schubladen auf, um im weiblichen Wirrwarr von Brennscheren, Nagelfeilen, Haarnadeln, Fingerhüten, einzelnen Handschuhen, Wattesäcken, Brieffetzen, Rechnungen, Stoffresten zu wühlen und vielleicht noch andere, unbekannte Dinge zu entdecken.

Wieviel Zeit war vergangen? Zehn Minuten oder eine Stunde? Als ich das Schlafzimmer verließ, fiel mich irre Angst an. Alles war stockdunkel. Ich hatte kein Licht zu machen gewagt.

Hinauf und in mein Zimmer! Dicker Gasgeruch schwoll mir entgegen. Ich riß das Fenster auf.

Adler rüttelnd:

„Steh auf! So geht es nicht. Steh auf! Du mußt fort!"

Adler erwachte nicht. Vielleicht war er schon vergiftet.

Ich versuchte ihn hochzuheben:

„Du mußt fort! Du mußt verreisen!"

Er fiel immer wieder zurück. Endlich blieb er mit geschlossenen Augen am Bettrand sitzen.

„Du mußt fort, Adler!"

Er gähnte lange, dann lallte er:

„Und du bist *doch* sehr unbegabt, Sebastian ..."

„Komm zum Fenster! Steh auf!"

„Deine Gedichte, lieber Sebastian, die hast du ja nur übersetzt ... Sie klingen so, so ... französisch ..."

Es gelang mir, ihn bis zum Fenster zu schleppen. Ich hielt seinen Kopf in die frische Luft hinaus wie in fließendes Wasser. Er lallte noch immer aus der Betäubung:

„Es war ja schon so gut und schön … Es ging alles … vorschriftsmäßig … Warum tust du das? … Warum weckst du uns?"

„Sei ruhig, Adler! Du mußt nicht sterben. Ich habe eine viel bessere Idee!"

Ein Krampf zog seine Brauen zusammen:

„Laß mich endlich! Deine Ideen sind mir schon schrecklich …"

Er begann zu erwachen. Ich führte ihn in den Salon hinab, ich setzte ihn in einen Lehnstuhl, ich machte Licht, ich gab ihm eine Zigarette:

„Rauch, damit du nicht wieder einschläfst! Wir wollen etwas essen und trinken."

In der Küche fand ich eine halbe Flasche Wein und Fruchtkuchen. Als ich damit ins Zimmer zurückkam, hatte Adler die Zigarette fallen lassen. Der Teppich wies ein Brandloch auf. Dann aber aß er den ganzen Kuchen auf. Ihm wurde besser. Ich flehte:

„Kannst du mir zuhören, Adler?"

„Ja, ja … natürlich …"

„Ich habe wirklich eine erlösende Idee, die dir das Leben rettet. Was auch immer geschieht, du müßtest zu deinem Vormund. Ist es da nicht besser, daß du einfach fliehst, wegfährst? …"

Er sah mich stumpf an:

„Und du?"

„Ich? Mein Vater ist doch eine große Macht. Sie werden nicht bis zum Äußersten gehn. Dazu kommt, daß du abgängig sein wirst. Es droht ein Riesenskandal. Man wird alles vertuschen …"

Adler wühlte eifrig in seinen Taschen:

„Ich kann ja gar nicht wegfahren."

Ich hielt ihm den Schmuck entgegen:

„Das hier ist Tausende wert!"

Er stand halb auf:

„Du hast diese Brosche deiner Tante gestohlen!"

„Was geht das dich an?"

„Aber man wird die Hausmädchen verdächtigen."

„Das ist mir jetzt vollkommen gleichgültig und kann dir ebenso gleichgültig sein."

„Ich nehme den Schmuck nicht!"

„Unsinn! Du kannst ihn später einmal ersetzen. Du wirst übrigens *Geld* nehmen."

Er rang nach anderen Einwänden.

„Ich kann ja meine Sachen nicht packen … Ich darf ja nicht nach Hause gehn …"

„Du bekommst meinen eigenen Koffer, Adler, und alles was ich besitze dazu!"

Ich lief auf den Hausboden, zog meine große Reisetasche hervor und stürzte in mein Zimmer. Ohne nachzudenken, warf ich meine ganze Wäsche in das Gepäckstück, Anzüge, Stiefel, selbst meinen neuen Smoking, auf den ich sehr stolz war. Ich erinnere mich, daß ich sogar eine lange Zeit mit verzweifeltem Eifer nach einer ungebrauchten Zahnbürste suchte, die ich irgendwo wußte.

Adler war wieder eingeschlafen. Ich riß ihn aus dem Lehnstuhl. Er jammerte:

„Legen wir uns doch oben hin … Das Einschlafen war ja viel schöner, als alles andere werden kann …"

Er muß auf die Straße, dachte ich, freie Luft atmen!

Nun zogen wir ziellos durch die Nacht. In der linken Hand schleppte ich die schwere Reisetasche, mit der rechten Adler. Ich hatte die Empfindung, einen Toten hinter mir her zu schleifen, einen Ermordeten in einem Sack. Aber ein Toter muß weg, selbst ein Toter, den man liebt. Nur eines: Ich durfte nicht aufhören zu reden. Die ganze Nacht lang hatte ich die Aufgabe, immer zu reden, unaufhörlich. Das Wichtigste war, diese Kraft die ganze Nacht lang in mir wachzuhalten. Und immer nur denken: Er muß weg!

Ich zog Adler in ein Durchhaus und stellte die Tasche hin:

„Es ist doch nicht das erstemal, daß wir einen Fluchtplan besprechen, Adler. Ich habe ja nur eine Idee aufgegriffen, die du selber schon ausgesprochen hast. Nicht wahr, du erinnerst dich? Siehst du, du erinnerst dich!"

Während ich sprach, hörte ich Adlers Mutter: ›Man kann den Franz nicht allein ins Leben schicken. Immer sehe ich ihn im Traum, wie er auf einer Straßenkreuzung überfahren wird.‹ Was half das? Überfahren konnte er auch hier in dieser Stadt werden! Das war kein Grund, mich aufzuopfern. Er mußte fort, fort! Ich plapperte weiter: „Hast du mir nicht erzählt, daß ganz leidliche Verwandte von dir in Hamburg leben, die dir vielleicht im Kampf gegen deinen Onkel Hilfe leisten würden? Das ist ja nur ein Anhaltspunkt. Mein Gott, ich rate dir nicht, zu diesen Leuten zu gehn. Es könnte sogar unangenehme Verwicklungen für uns geben. Aber im Notfall mußt du dich nicht ganz allein fühlen. Siehst du, ich sage nur aus diesem sentimentalen Grunde ›Hamburg‹ und nicht ›London‹ und nicht ›Paris‹, was an sich weit interessanter wäre. An deiner Stelle würde ich ein paar Tage in Hamburg bleiben. Aber dann, Adler, unbedingt mit dem erstbesten Schiff nach Amerika."

Er lehnte gegen die herabgelassenen Rollbalken eines Ladens und wiederholte:

„Nach Amerika."

Ich glaubte, aus seinem Ton zu vernehmen, daß er sich mit der Abreise vertraut zu machen beginne. Ihn belauernd, schwärmte ich:

„Amerika! Da gibt es heute keine Schiffsjungen- und Liftboyromantik mehr! Dort werden auch Menschen deiner Art groß. Gerade geistige Menschen finden besonderen Anwert, weil es noch wenige gibt. Ich habe es gelesen. Demokratie, Adler, Demokratie! Du hast Zukunft vor dir, während ich ein verzweifelter Europäer bleiben werde. Übrigens Amerika oder nicht Amerika. Ich maße mir gar nicht an, dir einen Rat zu geben. In acht Tagen wirst du die Welt besser kennen als ich. Freu dich doch, Adler! Beruhige mich! Sag, daß du dich freust!"

Sein Kopf schwankte:

„Freuen? Warum soll ich mich freuen?"

„Wegen des Geldes mußt du dir keine Sorgen machen. Geld ist gewiß die Hauptfrage! Aber für den Anfang ist gesorgt. Du wirst soviel mithaben, daß du als Gentleman ans Land gehn und ein paar Monate splendid leben kannst. Das Weitere ergibt sich sodann ganz von selbst. Mit ein wenig Geschick findest du sogleich Verbindungen. Du mußt mir natürlich schreiben. Ich kann dir auch gewiß dann und wann aushelfen. Aber bitte schreibe mir ja nicht nach Hause, sondern poste restante. Wer weiß, vielleicht werden Haussuchungen stattfinden. – Schreibe mir unter der Chiffre: Kampfgenossen!"

Ich selber hörte meinem Gerede nur mit halbem Ohr zu. Die Frage der Geldbeschaffung stand schreckhaft vor mir auf. Es war zehn Uhr abends, es war Sonntag. Wer sollte mir den geraubten Schmuck abkaufen oder mich an einen Käufer weisen? Ressl, Schulhof, Faltin? Unmöglich! Es waren Knaben, nicht fähig, eine ernste Sache zu ertragen. Seit gestern war ich nicht mehr ihresgleichen. Ich mußte einen Mann finden.

Wie ein Ton, der immer stärker angeschlagen wird, erklang der Name Komarek in mir. Ja, er, der mir die Ohrfeige versetzt hatte, er war ein Mann, der einzige, der helfen konnte. Aber wo wohnte er? Ich dachte an den Gemüsemarkt, wo er mit der Tasche aufgetaucht war. Da sagte ich traumwandlerisch Straße und Hausnummer vor mich hin, die wie alle Adressen der Schüler zu Beginn des Jahres vom Klassenvorstand verlesen wurden.

Wiederum schleppte ich Adler und die Handtasche vorwärts.

Das Haus lag in einem engen Viertel der alten Stadt, das längst nicht mehr besteht. In einer kleinen Kneipe verstaute ich den Menschen und die Tasche. Es war schwer, unter den vielen Wohnungstüren die richtige zu finden. Eine Stimme grellte ins Dunkel: „August, da ist einer, der dich sprechen will."

Komarek, in Hemdsärmeln, ohne Kragen, stand vor mir. Überall schnupperten Gesichter. Unsichtbare Füße in Schlapfen schlichen treppauf, treppab. Ich hatte es mir doch leichter gedacht.

Fremd, unterwürfig klang mir meine Stimme:

„Komm, bitte, auf die Treppe!"

Er folgte mir bis unters trübe Licht:

„Was willst du?"

„Komarek, ich sage dir, Adler muß weg!"

„Wenn er weg muß, wer hält ihn?"

„Ich bin zu keinem andern gekommen als zu dir, Komarek, in dieser furchtbaren Sache ..."

„Soll ich dir die Hand dafür küssen?"

„Du sollst mir nicht die Hand küssen, aber du sollst bedenken, was du mir angetan hast!" Er sah zum Licht hinauf und sagte nichts. Einige von den schnuppernden Gesichtern hatten sich bis zur Hälfte der Treppe vorgewagt. Man sah die gierigen Schnauzen und eingefallenen Wangen halbwüchsiger Mädchen, seiner Schwestern vielleicht. Ich mußte scharf und leise sprechen:

„Es ist eine schreckliche Schweinerei vorgekommen. Ihr habt es ja heute in der Schule alle gefühlt. Adler hat eine schreckliche Schweinerei gemacht ..."

„Bei euch müssen immer erst Schweinereien vorkommen, damit etwas los ist. Ich mache nie eine Schweinerei und werde sekkiert."

„Was willst du haben? Am Ende kommst du doch immer durch, und auf die Behandlung kannst du nach der Matura pfeifen. Aber, Komarek, hier handelt es sich um etwas ganz anderes, um Tod und Leben! Der Hinausschmiß ist das wenigste, aber Prozeß, Gericht, Gefängnis ..."

Tränen liefen mir in den Mund. Komarek aber sah noch immer zum Licht hinauf:

„Was soll ich dabei? Ich habe gottlob nichts damit zu tun."

„Du sollst, du mußt mir helfen! Adler wird morgen früh mit dem Schnellzug der Staatsbahnen um fünf Uhr dreißig nach Deutschland fahren ..."

„Und warum fährst nicht *du*?"

Eine Maske des Mißtrauens grinste mich an.

„Du wirst es ja morgen von acht bis zwölf erleben, daß ich die ganze Schweinerei allein ausbade. Aber Adler soll sich retten. Schwöre, daß du uns nicht verraten wirst!“

Komarek sprach ernst, es war Gesinnungssache:

„Ihr seid nicht meine Freunde, die Profaxen aber sind meine Feinde!“

„Wir brauchen Geld, viel Geld! Dieser Schmuck muß jetzt gleich verkauft werden. Komarek! Hilf uns!“

Er dehnte gleichgültig-langsam die Worte:

„Und was, wenn ich dich anzeige?“

„Nein! Ich habe keine Angst. Du tust das nicht.“

Er nahm das Gehänge und hielt es zum Licht. Die schnuppernden und schlurfenden Schatten tanzten vor Neugier. Komareks Hände waren sehr erfahren und sehr alt. Er sagte:

„Jolowicz ...“

Dann verschwand er, kam angekleidet zurück und führte mich ins Gassengewirre.

Jolowicz saß über einen illustrierten Zeitschriftenstoß gebeugt. Ich las: ›La beauté de la femme.‹ Welch ein unerschrockener Mann war Komarek, was alles mußte er schon erlebt haben, daß er der schweigenden Abwehr dieses bösen Menschen widerstand, der sich nicht um unsere Gegenwart kümmerte. Er legte wortlos den Schmuck auf den Tisch. Mir entfuhr's:

„Ich brauche Geld.“

Komarek stieß mich wütend in die Seite.

Jolowicz aber lief jetzt in seinem verzauberten Schloß herum. Er drückte auf den Nabel einer nackten Figur, deren Augen von innen zu beleuchten waren, er setzte ein Orchestrion in Gang, das den Radetzkymarsch ins Zimmer pfefferte. Ich zog mich in meine tödliche Erschöpfung zurück wie in ein Schilderhaus. Worte hörte ich, laut geschrien, wie in einer Bahnhofshalle, wenn der Zug einfährt: „Unmoderne Fassung“ ... „Man wird da Scherereien haben“ ... „Die Herren Eltern, Freunderl“ ... „Unterschreiben“ ... Der Radetzkymarsch fegte seine Platzregenschwaden in das Feilschen hinein.

Endlich hielt ich sehr viele Hundertkronenscheine in der Hand, ein unausdenkliches Kapital für meine Vorstellung.

„Schweigen, schweigen, Komarek“, flehte ich, als wir wieder Luft atmeten. „Du bist schon so ein Mensch, du“, sagte er und gab einer faulen Aprikose, die auf dem Pflaster lag, einen wütenden Tritt. „Wie könnte ich reden? Jetzt hast du mich ja in die Schweinerei hineingezogen.“

Und ohne zu grüßen, bog er ab.

Ich löste Adler in der Kneipe aus, nahm das Gepäck und suchte einen menschenleeren Winkel. Dort zählte ich die Scheine in seine Hand. Er aber war kein Lebendiger mehr, er schwankte, ein Schatten.

Wie einem Schwerhörigen schrie ich ihm ins Ohr:

„Achthundert, Adler! Das ist eine ungeheure Summe! Davon kannst du ein Jahr lang leben."

Er hielt das Geld in einer roten, erstarrten Hand.

Da nahm ich selbst die Brieftasche aus seinem Rock und ordnete die acht Scheine.

Dann begann die grauenhafteste aller Irrnächte. Welch ein Bild! Ich mit dem Koffer und dem torkelnden Schatten! Wir zogen von Lokal zu Lokal. Selber hielt ich mich im Trinken zurück. Aber wo es nur ging, bestellte ich für Adler schwedischen Punsch. Dies war ein Getränk, das er mit der Zeit liebgewonnen hatte.

Mich beherrschte der Wahn, ich müsse reden, ohne Unterbrechung reden, sonst schwinde mein Einfluß, und alles könne im letzten Augenblick zusammenbrechen. Nun ist es schon schwer, eine einzige kurze Stunde mit einem Menschen, immer das Wort führend, zu verbringen. Ein lebendiger Mensch, ach, er antwortet, er verneint, er bejaht, er hilft. Aber ein Toter? Adler war ein Toter. Ich hatte ihn nur um eine kleine Frist zu früh aus dem Todesrausch erweckt. Als ich ihn ins Leben zurückriß, hat er sich gewiß nach dem Hades umgeblickt. Zu weit wohl war er schon vorgedrungen über die erlaubte Schwelle der Todeserfahrung, über die gesetzte Ausdehnungsgrenze der Seele.

Besessen, ohne jede Pause, redete ich. Mein Hirn pulste. Ein entsetzliches Verlangen brannte in mir, diesen Toten, mit dem ich in einer schmalen Gruft eingekapselt war, loszuwerden.

Überall war dieses heimliche Gruftgefängnis ausgespart im Schaum und Rauch der Lokale, in denen wir saßen. Die Gruft war ein Glassturz, man konnte nicht atmen. Ich mußte mich befreien, den Toten loswerden. Einen Toten muß man loswerden, das ist ja nichts Böses, das ist ein Weltgesetz; loswerden, nicht nur im räumlichen, nein, auch im ewigen Sinn! Aber nur durch unausgesetztes Reden konnte ich den Toten niederhalten. Darum war an Schlafen nicht zu denken. Nach dem Schlaf ist alles verwandelt, beginnt alles wieder von neuem ...

Gegen drei Uhr warfen uns die Kellner aus der letzten Weinstube.

Noch war es nicht Tag. Da wollte ich Gott noch einmal die Chance geben, mir diesen Menschen zu entreißen. Ich erinnerte mich, daß Kio einen Boten zu uns gesandt hatte. Vielleicht dachte er doch daran, meine Missetat zu vertuschen. Vielleicht war doch nicht alles verloren. Vielleicht lauschte ein Wunder auf unser Kommen.

Und die gleichen Straßen, die ich so leicht am Abend der Katastrophe dem Lehrer nachgeschlichen, durchzog ich nun mit meinen schweren Gewichten rechts und links. Was geschehen sollte und könnte, ich wußte es nicht. Ich tat's für mich nicht, ich tat es für Adler. Gott mochte zusehn! Ich gab ihm eine Chance.

Die hohl schallende Stunde zwischen Nacht und Morgen hatte das Haus in der nördlichen Vorstadtstraße noch ärmer gemacht, noch abgeschabter, noch älter. Die narbige Haut schälte sich. Und dennoch, ein Wunder war vorgedrungen bis an die Strandlinie des Irdischen. Denn hinter dem zweitletzten Fenster, rechts im dritten Stock, brannte Licht. Kios Fenster. Adler kannte es. Kio korrigierte noch. Und mit lächerlicher Gewißheit sah ich einen Satz vor mir voll listiger Schwierigkeiten, den er in siebenundzwanzig Heften durchspürte. ›Wenn Vercingetorix beizeiten seine Gesandten abgefertigt hätte, wäre der Legat nicht in der Lage gewesen, wie er sich es vorgenommen hatte, sein Winterlager abzubrechen.‹

Ein leiser Ton entrang sich dem Munde Adlers: „Kio.“ Und wiederum: „Kio, Kio!“ Es klang wie der ferne Ruf einer Schleiereule. Und nun fiel auch ich ein. Wir beide lockten mit diesem dämmerungstraurigen Vogelruf immer dringlicher den Mann hinter seinem Fenster. Doch als es schon laut wie ein Hilfeschrei die leere Straße entlang scholl und irgendwo unwillig mit Fensterflügeln geschlagen wurde, drehte Kio sein Licht ab und ging schlafen. Gott war gleichgültig geblieben. Aber von der Himmelslücke her, aus dem Rachen des ersten Morgengrauens schob sich eine dumpfe Wand von Männern näher. Die Straßenarbeiter drangen in die Stadt ein. Vor ihnen stöhnte und rauschte die Walze.

Härter packte ich Adler an. Mein Mund schwatzte.

Nun saßen wir im städtischen Park. In aller Ewigkeit würde ich die Bank erkennen, auf der wir saßen. Der Himmel brenzelte schon. Es wurde immer heller. Das Licht aber war körperlich, es war ein kalter Wind, der über mein Fieber hinfröstelte. In den Bäumen hob ein scharfgezacktes, zänkisches Morgengeplärre an, ohne Vorspiel, urplötzlich. Das beleibte Ziergeflügel des Parkweihers watschelte kleinbürgerlich aus seinen grünen Inselhäuschen hervor. Dann aber begannen die Schwäne vor meinen Augen fürstliche Kreise zu ziehn.

Adlers Kopf hing zur Seite. Er war eingeschlafen. Aber er durfte ja um Himmelswillen nicht einschlafen, und ich durfte nicht schlaff werden. Während der wenigen Minuten, da meine Kraft nachließ, hatte er sich davongemacht. Reden, reden! Ich schüttelte ihn:

„Du, ich glaube, deine kühne Flucht wird in der Stadt Furore machen. Der Marianne wird das gewaltig imponieren. Sie wird sich in dich verlieben. Alle stichst du aus. Da, sieh, ich schenke dir ihre Photographie ..."

Wie recht hatte ich gehabt! Schon nach fünf Minuten Schlafes saß ein veränderter Adler neben mir. Er zerknüllte boshaft das Kostümbild Mariannens und schleuderte es auf den Rasen:

„Furore!? Nur du, nur du willst immer Furore machen!"

Sein Widerstand wuchs. Und es lag noch eine volle Stunde vor mir:

„Wir sind natürlich überreizt, Adler. Aber bald sitzt du im Zug und schläfst. Du Glücklicher, du wirst schlafen, während ich vor der Konferenz stehe."

„Schlafen? Wer hat uns das Schlafen verdorben, du Feigling?"

„Warum beschimpfst du mich? Warum bin ich ein Feigling?"

Er triumphierte:

„Glaubst du, ich habe nicht bemerkt, daß du aufgestanden und davongelaufen bist, du Deserteur?!"

„Wie hätte ich dich retten können, ohne mich zu retten?"

„Wer gibt dir das Recht, mich zu retten? Wer bist du denn überhaupt!?"

Dies war nicht mehr der Schatten Adlers. Dies war die Stimme, die in einer unendlich verschollenen Zeit zu mir gesprochen hatte: ›Sei froh, daß du mittun darfst, und warte auf die Rolle, die man dir zuweisen wird.‹

Adler schnellte auf:

„Du bist zu feig zum Selbstmord und zu feig zum Mord. Ja, zu feig, zu feig!"

Ich wurde immer schwächer und matter:

„Gestern war ich nicht zu feig, Adler, für dich ein Verbrechen zu begehn ..."

Er stand hoch und straff vor mir. Von seiner Stirn schien eine jahrealte Erstarrung zu weichen. So hatte ich ihn niemals gesehn. In mir aber war nicht mehr Kraft genug da, mich zu erheben. Seine Stimme wurde immer frischer:

„Ich kann nicht mehr nach Hause! Das ist wahr. Ich muß also durchbrennen. Ich habe gar nichts dagegen. Manchmal hast du recht mit dem, was du sagst. Aber du hast ja gar kein Recht, Recht zu haben! Es ärgert mich, daß es *dein* Wille ist. Ich werde durchbrennen, wann *ich* es will, und nicht, wann *du* es willst. Vor dir beuge ich mich nicht ..." Jäh machte er einen Sprung und rannte davon.

Alles war für mich verloren, wenn ich die alte Kraft nicht wiedergewann. Ich riß meinen Körper empor, als wäre er eine fremde Last, mir nicht gehörig. Und nicht nur mich, auch noch die schwere Last der Tasche hatte ich bei der Verfolgung zu schleppen.

Keuchender Lauf über Kieswege, Rasenflächen, Abhänge, durchs Birkenwäldchen, am Weiher vorbei und wieder zurück. Erster Stadtlärm, Vogelgezwitscher, Uhren, Glockenschläge, Lokomotivpfiffe, von den übernächtigen Sinnen verzerrt und aufgebauscht, peitschten auf uns ein. Überm Teich, auf einem schmalen, künstlichen Felsplateau, stand ein hochgekuppelter Käfig, in dem ein Steinadler gefangen saß. Hier konnte ich den Flüchtling stellen. Wir rasten um den Käfig herum. Der Vogel wurde unruhig, begann zornige Schnabelhiebe gegen das Gitter zu führen, stäubte graue Federn in die Luft und verbreitete den blutigen Pestgeruch allen Raubzeugs.

Während der rasenden Rundjagd:

„Halt! Adler! Ich tu dir ja nichts ..."

Er keuchte im Lauf:

„Ich geh jetzt doch nach Haus ... Wer hindert mich? ..."

„Niemand ... Geh nur nach Haus ... zum Onkel ... laß dich einsperren ..."

Nun mischte der verstörte Steinadler seinen Schrei in unsere Schreie.

Endlich gelang es mir, Adler, als er zur Seite ausbrechen wollte, den Weg abzuschneiden. Ich hielt ihn in den Armen. Er aber umfing mich und preßte meinen Brustkorb immer fester zusammen. Wehe mir, derselbe Kampf würde jetzt beginnen wie damals. Da nahten Schritte. Ich flüsterte scharf:

„Achtung! Polyp!"

Und wirklich, ein Polizist kam langsam auf uns zu. Aufzuckender Gedanke: Die Polizei hat die Sache schon in der Hand. Er kommt, mich zu verhaften. Der Wachmann stellte sich breit vor uns hin. Er hatte eine lächerliche Gestalt und Stimme:

„Was treiben Sie hier für Unfug? Ich bitte weiter zu gehn."

Da prustete Adler los und wand sich unter einem Anfall seines Lachens. Der Schutzmann runzelte die Stirn. Hatte er die Pflicht, gegen solchen Hohn einzuschreiten? Aber es waren nur Jungen, und Jungen lachten manchmal über ihn. So zog er es denn vor, eine Amtshandlung zu vermeiden. Zögernd, mit seinem großen, nunmehr tauben Rücken, scharrte er davon.

Doch Adler lachte noch immer, als er sich schon von mir weiterschleppen ließ. Bald wurde er still und folgte mir von selbst. Eine neue Heiterkeit lag in den Worten, die er immer wiederholte:

„Was kannst denn *du* mir tun? Du?"

Ich löste die Fahrkarte nach Hamburg. Wir betraten die Bahnhofshalle. Adler hockte auf meinem Koffer wie ein artiges Kind. Als er, ein Vierjähriger, verlassen im Getreide saß, muß er mit den gleichen versunkenen Augen zu den Wolken emporgesehen haben wie jetzt zum Eisengebälk.

Fünfzehn Minuten noch, und ich werde befreit sein, ich werde Adler los sein für alle Zeit. Was kann mir dann noch geschehn? Meine Rubrik im Klassenkatalog ist unberührt. Und die Flucht sagt alles. Hamburg ist weit. Doch wenn er zurückkehrt?! Nein! Adler ist der Mensch, der niemals zurückkehrt. Verschwunden bleibt er für immer. Und ich bin erlöst von dem Schuldigen, der meine Qual und mein Verbrechen herausgefordert hat. Ich werde heute ganz bestimmt in der Schule einen Ohnmachtsanfall bekommen und erkranken. Das ist eine glänzende Wendung. Ein Ohnmachtsanfall wirkt immer stark, und Krankheit erschreckt alle. Die Krankheit wird mir über viele Wochen hinweghelfen. Zehn Minuten noch! Gott, Gott, jetzt nur keinen Zwischenfall mehr, keine Verspätung, keine Bekannten!

Gott aber entsandte noch einen letzten Zwischenfall. Komarek war auf dem Bahnsteig erschienen. Er maß mich feindselig:

„Ich hab es mir in der Nacht überlegt. Es ist besser, du fährst weg, und Adler bleibt hier!"

Ich zerrte ihn zur Seite, daß Adler uns nicht hören konnte:

„Komarek! Um Gottes willen, davon verstehst du nichts. Du weißt ja gar nicht, was vorgegangen ist. Willst du, daß Adler ins Gefängnis kommt?!"

„Nein, da wäre mir's schon lieber, du kämest hinein."

Stolz fuhr ich ihn an:

„Darauf kannst du lange warten. Mir geschieht nichts, gar nichts! Mein Vater ist der höchste Richter in Österreich."

„Das ist wahr ... Dir geschieht nichts ... Aber andern geschieht viel ..."

Ich sah zu Adler hin. Er saß freundlich da. Meine Logik erstarkte:

„Da siehst du es selber, Komarek: Wenn ich die Sache allein ausbade, gibt es eine Hoffnung. Wenn Adler dableibt, ist alles zu Ende, und auch du fliegst hinaus!"

„Wieso ich? Was gehn mich eure Schweinereien an?"

„Das werde ich dir gleich sagen, lieber Komarek. Gut! Ich gebe die Fahrkarte zurück! Wir bringen Adler nach Hause, wir treten um acht Uhr an. Aber schon um halb neun wird eine Bombe geplatzt sein, daß man es bis nach Wien hören muß. Die Folge: Das Nikolausgymnasium wird gründlich ausgemistet werden. Und daß du zum Mist gehörst, daran zweifelst du doch selber nicht."

Komarek ließ den Kopf hängen. Mein Schluß war lückenlos:

„Wenn es dagegen heißen wird, bei uns herrschen so grausame Zustände, daß ein Schüler die Flucht ergreifen mußte, dann, Komarek, wird man nicht uns, sondern die Profaxen zur Verantwortung ziehn."

Er zeigte die Zähne:

„Glaubst du wirklich?"

„Ich weiß es. Es ist ja meine Idee. Die Alten werden in Pension gejagt, die Jüngeren strafversetzt und Stowasser wird entlassen!"

„Also die Profaxen werden einmal sehn, wie es ist ... Das wäre schon gut ..."

Eine große Lustigkeit zog in seine Augen ein. Er konnte sich nicht beherrschen und zischte:

„Diese Hunde!!"

Nun aber eilte er zu Adler und ergriff schnell die Tasche, denn der Zug lärmte durch die Halle.

Ich weiß nicht mehr, wie er ihn in den Waggon brachte. Plötzlich waren beide verschwunden. Der Zug saugte die Menge in sich ein. War Adler unter den Menschen? Noch einmal ein Blitz der Angst! Dann aber sah ich Komarek, wie er das Gepäck in ein Abteil trug. Eine Minute später trat er zu mir hinab und meldete:

„Er schläft! So müde ist er, der arme Kerl!"

Und auch ich erblickte durch ein wolkiges Fensterglas Adlers schlummerndes Haupt, undeutlich und entrückt diese kolossale Knabenstirn, die jetzt leichenhaft gelb war unter dem rötlichen Haar.

Komarek gestand:

„Ich habe ihm Äpfel hineingelegt und Butterbrot."

Und dann, verschämt und eitel zugleich, als wäre es doch das Minderwertigste nicht, was ein Komarek zu geben habe:

„Es sind Himbeeräpfel."

Mit der letzten Anspannung starrte ich auf den Stationsvorstand, der das Zeichen gab. Doch als der Pfiff ertönte, muß ich gesagt haben:

„Komarek, ich kann nicht mehr ... Ich glaube, ich kann nicht mehr."

*

Der Landesgerichtsrat Doktor Ernst Sebastian wußte nicht, wie lange er in solcher Lage geschlafen habe: die Arme auf den Schreibtisch gelegt und den Kopf in ihnen vergraben. Auch in der Zeit fand er sich nicht gleich zurecht. Mittagssonne, überlegte er, Sommersonne, Sonntagssonne! Sein nächster Gedanke war: ›Wie unangenehm dieses Verhör morgen!‹

Nun fiel sein Blick auf die Schriftblätter, die vor ihm lagen. Wie war das möglich? Es mußten doch viel, viel mehr sein. Er hatte das Gefühl, in traumhaft langen Stunden, mit hinfliegender Hand Seite um Seite sein siebzehntes Lebensjahr wiedererweckt zu haben. Und diese wenigen Blätter hier, sie sollten alles sein? Die ersten waren noch mit einer dichten Kurzschrift bedeckt, die aber immer loser und verworrener wurde. Oft schien sie nur aus einzelnen Stichworten zu bestehen, aus Merksätzen und kurzen Sentenzen. Irgendeine bestimmte Reihenfolge zeigte sich nicht. Später mischten sich in den unkenntlichen Text allerlei Zeichnungen: Bärtige Köpfe, Tiergesichter, ein Baum mit einer Gartenbank, eine seltsame Fledermaus. Auf großen leeren Flecken fand der Erstaunte lateinische Schulsätze, chemische Formeln, das Wort ›ganzungenügend‹ und ähnliche Gymnasialvisionen.

Nun glaubte er sich zu erinnern, daß er einmal, vor unendlich langer Zeit, auf diese Seiten starrend, sinnlose Worte und Spielereien hingekritzelt habe. Oh, diese widerwärtige Gewohnheit! Schon in der Schule war er ein berüchtigter Löschblattschmierer gewesen!

Er wollte sich in die ersten Zeilen vertiefen. Ihm schwindelte. Die Sigel, Kurven, Kürzungen seiner eigenwilligen Stenographie bäumten sich auf, rissen sich voneinander los und wurden zur uraltgeheimnisvollen Bilderschrift eines längst verschollenen Volkes. Höhnisch entzogen sich ihm die Hieroglyphen seines eigenen Textes. Er schloß die Augen, um sich zu sammeln. Als er sie öffnete, sah er wieder nur Vögel, Nasen, Geräte, Wellen, Brüste. Heute ging es nicht. Er schob das Konzept weg.

Da offenbarte sich ihm auf der letzten Seite, als Schlußvignette gleichsam, eine großgemalte mathematische Formel:

$$\sqrt[2]{\left(\frac{\text{Lebenskraft} - \text{Lebensfälschung}}{\text{Arterienverkalkung}}\right) x} = \text{Tod}$$

Sofort griff sich Sebastian an den Puls. Er schlug hart und unregelmäßig.

Siebentes Kapitel

Der Untersuchungsrichter Sebastian kam am Montag gegen seine sonstige Gewohnheit um eine halbe Stunde zu spät ins Amt. Sein Protokollführer, der junge Rechtspraktikant Doktor Elsner, erklärte sich diese Verzögerung mit dem stumpfen Wetter, das heute herrschte.

Sebastian nämlich gehörte zu jener seltenen Art von Leidenden, die man die Luftdruckkranken nennen könnte. Es standen zwei Barometer auf seinem Schreibtisch, von denen er die stündliche Zukunft seines Wohlbefindens ablas. Seine Nerven witterten im tiefsten Wortsinn die Erträglichkeit oder Unerträglichkeit des Lebens voraus. Dieses Leiden hatte sich mit den Jahren verschärft. Ach, wie selten kamen die Augenblicke, die etwas mehr waren als erträglich. Ein leichter Ostwind zum Beispiel bei heiterem Himmel, ein mäßiger Nordwest, der über ein gelbes Junischweigen hinstreicht, die kurzen Minuten der Entspannung nach einem Gewitter, das durchstrahlte Ozonmeer auf Bergeshöhn.

Das Wetter aber dieses Tages heute war der Erzfeind. Es gehörte die größte Selbstbeherrschung dazu, einen Schritt zu tun, ein Wort zu sprechen, eine Arbeit zu vollbringen. Am liebsten hätte man sich hingelegt und den bleiernen Traum, daß unser Leben ewig währen könnte, hoffnungslos ertragen. Die Luft glich gestocktem Fett. Über die Stadt, die in einem Kessel steckte, war der Deckel gestülpt. Irgendeine Macht aber hatte das Ganze in eine warme Röhre geschoben. Dabei schlug aller Qualm, alle Ausdünstung, der Gestank, der schlechte Atem der Schlote, Häuser, Straßen, Bahnhöfe, der vielen hunderttausend Lebewesen zurück und nach unten, so wie bei einem Ofen, dessen Abzugsrohr verrußt ist. Sebastian nannte diesen verzweifelten Weltzustand in seiner Krankensprache: ›Erstarrter Samum‹.

In der Voraussicht seines Leidens machte Elsner dem eintretenden Chef sogleich den Vorschlag, das Fenster zu öffnen.

„Unglücksmensch! Das lassen Sie bleiben!"

Sebastian schauderte vor dem Gedanken, daß sich der erstarrte Samum ins Zimmer wälzen könnte, das vielleicht noch die Luft besserer Stunden bewahrte. Es dauerte heute lange, sehr lange, bis der Untersuchungsrichter die übliche Weisung gab:

„Bitte lassen Sie vorführen, Elsner!"

Elsner erhob sich, um den Befehl auszuführen, da rief ihn Sebastian von der Tür zurück:

„Und Sie, was halten Sie von diesem Fall?"

Durch solches Vertrauen geschmeichelt, verbreitete sich der junge Mann:

„Ja, Herr Landesgerichtsrat, was soll man dazu sagen? Adler war der letzte, der aus der Wohnung wegging. Wenn die Polizei nicht noch einen allerletzten Klienten der Feichtinger stellig macht, dann weiß ich wirklich nicht ..."

„Und Sie halten diesen Mann, diesen Adler eines Mordes für fähig?"

„Ich verstehe, was Herr Landesgerichtsrat damit sagen wollen. Adler ist ein gebildeter Mensch, ein Journalist, ein Intellektueller ... Aber wenn man ihn näher anschaut, hat der Mann etwas Stumpfes und Totes im Blick, das auf manches schließen läßt. Die Intellektuellen! Wir haben doch in der letzten Zeit an den Intellektuellen unser Wunder erlebt."

Sebastian gab sich nicht zufrieden:

„Was für ein Mord also liegt vor? Raubmord? Nein! Lustmord? Nein! Affektmord aus Eifersucht, verschmähter Liebe, Rachsucht? Ich halte einen derartigen Triebmord für ausgeschlossen. Adler ist der Feichtinger übrigens nachgewiesenermaßen nur zwei- oder dreimal im Leben begegnet. Nun denn, ich frage Sie, was für ein Mord soll das sein?"

Elsner wurde aufmerksam. Wollte ihn der Chef auf die Probe stellen? Hatte man höheren Orts eine Beschreibung seiner Fähigkeiten eingefordert? Er begann vorsichtig:

„Wenn Herr Landesgerichtsrat gestatten, so möchte ich auf die moderne Seelenforschung hinweisen, die sich mit solchen Motiven beschäftigt, die nicht auf der Hand liegen ..."

Elsner erschrak. Er hatte daneben gehauen. Sebastian lehnte diesen Hinweis in unangenehmer Form ab:

„Lassen Sie mich gefälligst mit Ihrer Seelenforschung in Frieden! Ich habe mir meine eigene Meinung gebildet."

Der Schriftführer hielt das Gespräch für abgeschlossen. Sebastian aber stellte noch einmal mit einer merkwürdigen Heftigkeit die Frage:

„Klipp und klar! Halten Sie den Mord für möglich oder nicht?"

Elsner lavierte:

„Ich glaube ... eher nein."

Schneidend entschied Sebastian:

„Ich aber halte ihn durchaus für möglich!"

›Das Wetter‹, überlegte der junge Mann, ›und diese zersetzende Rechthaberei!‹ Dann hörte er:

„Beginnen wir bitte!"

Elsner wunderte sich, daß Sebastian den Beschuldigten, der auf dem ins Licht gerückten Stuhl des Verbrechers saß, nicht anschaute, sondern seinen Blick in der genauen Tangente zu Adlers Gesicht in den Winkel sandte, der dunkel zwischen Wand und Bücherschrank lag. Er wunderte sich ferner, daß der Chef fast übertrieben in jene Mundart verfiel, die er gewöhnlich unterdrückte und nur in erregten oder ärgerlichen Momenten annahm. Es war ein nasales, leichtwienerisches Beamten- und Edelmannsdeutsch, das, auf nervöser Flucht begriffen, zierlich und tückisch zugleich über die Worte hintanzte. Sebastian verfiel in diese vatererebte Manier, wenn er Verlegenheit oder Anteilnahme verbergen wollte:

„Da sind Sie ja, lieber Herr Adler! Wir hatten beide genügend Zeit gestern, übereinander nachzudenken. Ich über Sie zumindest. Noch einmal lege ich Ihnen ans Herz: Sehen Sie in mir keinen Feind! Verstehen Sie mich recht! Ich sitze nicht hier, um mich listiger Weise in Ihr Vertrauen einzuschmeicheln. Ich will Ihnen helfen. Es würde mich nicht minder glücklich machen als Sie, wenn man das Verfahren niederschlagen oder wenigstens eine modifizierte Anklage erreichen könnte. Bitte lassen Sie sich führen!“

Die Samum-Migräne begann Sebastians Kopf immer enger zu umklammern. Er formulierte die erste Frage:

„Sie behaupten also, Herr Adler, daß Sie nicht der letzte Besucher der Feichtinger gewesen seien?“

„Wie kann ich das behaupten, Herr Hofrat? Ich weiß es ja nicht.“

„Selbstverständlich! Sie haben recht! Das können Sie ja gar nicht wissen ... Elsner, es ist nicht notwendig, diese Frage ins Protokoll aufzunehmen.“

Sebastian bedachte: ›Ich bin vollkommen verwirrt. Das war die Frage eines Idioten oder abgebrühten Kriminalbeamten. Er hat in ihr eine Schlinge gewittert. Ich stoße ihn immer weiter zurück. Gott, wie nur soll ich diese Stunde zu Ende ertragen! Seine Stimme verwirrt mich. Sie ist tiefer geworden. Gestern hatte ich doch eine ganz andere Stimme im Ohr.‹

Die Stimme aber sagte jetzt in bittflehendem Ton:

„Ich bin unschuldig, Herr Hofrat.“

Hastig kam ihr Sebastian zu Hilfe:

„Ja, lieber Freund, ich glaube Ihnen, daß Sie unschuldig sind. Aber wir müssen versuchen, diese Unschuld offenbar zu machen. Und dann, es gibt eine unendliche Skala von Schuld und Unschuld. Unser Strafgesetz schöpft Gottseidank nur einen Trinkbecher voll aus dem Meer der sittlichen Zusammenhänge.“ (Welch ein blöder Vergleich, spürte er, Meer, Trinkbecher! Das Meer ist ohne Schuld. Drittklassig unbegabt!) „Wenn es ein anderes Strafgesetz gäbe, säße ich vielleicht so vor Ihnen, wie Sie vor mir. Aber davon wollte ich gar nicht sprechen. Wovon wollte ich nur sprechen? Ja! Ich wollte darauf hinweisen, daß man sehr wohl eine Schuld bekennen kann, die sich im Zuge eines Geschworenenprozesses zur Unschuld wandelt.“

Adler schien diesen Gedankengang nicht zu begreifen. Er beteuerte leise:

„Aber ich habe ja keine Schuld zu bekennen.“

Elsner sah sarkastisch-gelangweilt auf seine lange Bleistiftspitze. (›Das ist kein Verhör, das ist ein Sauhaufen‹, entschied sein fachmännischer Geist. ›Er hört sich ja immer gern, aber so wie heute war's noch nie. Der Richter läuft wie eine Grammophonwalze, und der Beschuldigte kommt nicht zu Wort.‹)

Sebastian entnahm jetzt den Polizeiakten ein Blatt:

„Klementine Feichtinger ist durch einen Revolverschuß getötet worden. Ich zitiere den Bericht, der vom Gerichtsarztund Schießsachverständigen abgefaßt worden ist. Der Schuß wurde aus einer Entfernung von zwei oder drei Metern abgegeben. Das Projektil entstammt einer Sieben-Millimeter-Browningpistole. Nirgend weist der Wundrand Verbrennungen auf. Pulverteilchen konnten nicht festgestellt werden. Demnach erscheint ein Selbstmord als ausgeschlossen. – Weiter: Im Besitze des Verhafteten befand sich eine Sieben-Millimeter-Browningpistole. Eine Patrone war verschossen ... Ich, Herr Adler, halte einen Selbstmord gar nicht für ausgeschlossen. Nehmen wir an: Zwei Menschen sind lebensmüde. Ein Mann und eine Frau. Sie beschließen gemeinsam zu sterben. Das haben ja schon bedeutende Menschen vor ihnen getan. Ich denke an Kleist ... Sie selber beschäftigen sich ja gewiß mit Poesie und Literatur, Herr Adler, was?"

„In meiner Jugend habe ich mich damit befaßt."

„Römer- und Kaiserdramen? Was? ... Aber wir wollen nicht abschweifen. Zwei Menschen also haben beschlossen zu sterben. Die Frau bietet als erste ihre Brust der Kugel dar. Der Mann drückt ab. Die arme Frau ist nicht gleich tot, sie windet sich in Qualen, die ihn erschüttern, die er vielleicht eine Stunde lang mitansehn muß, ohne das Herz zu haben, noch einmal zu schießen. Dann aber, als die Reihe an ihn kommt, ist sein ganzer Mut verraucht. Er hat den Tod gesehn, er kann nicht mehr."

Adler durchschwieg die Pause, die Sebastian machte, ehe er fortfuhr:

„Unser Strafgesetz ist der Vieldeutigkeit des Lebens nicht gewachsen. Aber die Rechtspraxis versucht auszugleichen. Gelingt solch ein Doppelselbstmord nur zur Hälfte – und wie oft kommt das vor –, dann spricht heute wohl kein Gericht mehr das Mordverdikt aus. Man kann fast mit Sicherheit annehmen, daß die Geschworenen selbst eine mildere Fragestellung mit Nein beantworten. Haben Sie mir jetzt etwas zu sagen, Herr Adler?"

Der Beschuldigte blieb starr:

„Nein, nein! Auch dazu kann ich mich nicht bekennen."

Da sagte Sebastian:

„Herr Doktor Elsner! Haben Sie doch bitte die Güte und erkundigen Sie sich persönlich beim Präsidium, ob etwas für mich bereitliegt! Und dann, wenn Sie Lust haben, können Sie ganz gut eine Stunde lang spazieren gehn."

Elsner war verschwunden.

Sebastian erhob sich, ging mit raschen, sonderbar federnden Schritten um den Schreibtisch herum und trat auf Adler zu. Seine sehr stark näselnden Worte, zwischen denen er keine Pausen machte, klangen so, als sage er etwas recht Nebensächliches, nicht der Rede Wertes:

„Adler! Was? Du hast mich auch erkannt?"

Dabei hielt er ihm einen leicht eingeknickten Arm hin, an dem eine ratlose Hand herabhing. Sein Blick aber blieb nach wie vor auf den Kastenwinkel gerichtet. Die dargebotene Hand wurde nicht ergriffen.

„Ich weiß nicht, was Herr Hofrat meinen ..."

Immer flüchtiger schleiften die Endungen von Sebastians Worten ineinander. Er setzte ihnen die Lichter eines künstlichen Lachens auf:

„Es ist ja eine ganze Weile seit unserm Abschied vergangen, Adler. Was? Aber ich habe dich gleich gespürt. Vorgestern!"

„Herr Hofrat ..."

„Laß das doch! Ich bin kein Hofrat."

Schwer lastete der Mann auf dem Verbrecherstuhl. Er sah ungepflegt aus wie alle Neulinge nach ein paar Tagen Untersuchungshaft. Auch war er stark geworden und hatte einen fetten Nacken bekommen. Eine beklemmende Tagfinsternis herrschte in dem Zimmer. An solchen Tagen wie diesem zünden die Menschen Licht beim Mittagessen an und erhoffen doch kein erlösendes Gewitter. Man hörte nichts als Adlers Atem, den kämpfenden Atem eines Menschen, der herzkrank war oder Zentnerlasten auf der Brust trug. Mit vier leichten Schritten flüchtete Sebastian in den Winkel beim Bücherschrank. Er bemerkte das Bild dort im Dunkel nicht, das er selbst, sich zur richterlichen Warnung, hingehängt hatte. Der berühmte Gefangenenhof von Arles. Der Kreislauf der Verfluchten.

Er sah nun Adlers großen Rücken, der unter den schweren Atemstößen zitterte wie eine schwarze Schiffswand bei hohem Seegang.

Sebastian rührte sich in seinem Winkel nicht. Ganz dünn klang sein Wort nun:

„Hast du einen Grund, dich mir nicht zu erkennen zu geben?"

Da sagte die Stimme, die zu diesem vom Sturm erschütterten Rücken gehörte:

„Gott weiß, daß ich keinen Grund habe."

Sebastians Antwort suchte Adler:
„Gott weiß, daß du einen Grund hast."
Und in ihren Winkel gedrückt, angesichts dieses atemauf- und abschwankenden Rückens, der sich nicht umwandte, fädelte die Seele Sebastians Wort an Wort:
„Sag nicht, daß wir Kinder gewesen sind, Adler! Ich lasse es nicht gelten. Auch was ein Kind tötet, wird nicht wieder lebendig. Fünfundzwanzig Jahre, das ist nichts. Zeit, das ist nichts! Ich habe es furchtbar tief erfahren. Nein, ich lüge dir nichts vor. Natürlich habe ich nicht immer daran gedacht, aber gewußt, Adler, gewußt habe ich es immer. Und auch daß du wiederkommen wirst, habe ich gewußt, seit jenem Tag. Oh, wie habe ich mich davor gefürchtet! Damals kam ja ein Brief von dir. Ich habe ihn ungelesen zerrissen. Wie selig war ich, als deine Mutter starb, denn nun verschwand deine Spur aus der Stadt völlig. Weißt du, daß ich zwanzig Jahre lang keine Reise gemacht habe aus Angst, dir in der Welt zu begegnen. Oh, schweig jetzt, ich bitte dich, rede noch nichts! Dies ist eine furchtbare Stunde, Adler! Ich verstehe sie selber nicht. Ich kann sie nicht lösen. Eine Gleichung mit hundert Unbekannten. Ich rede nur, weil ich ohnmächtig bin, die Wahrheit zu sagen! Hilf mir! Ich flehe dich an, hör nicht das Falsche, hör nicht die Worte, hör mich, mich!! Und sprich nicht, jetzt noch nicht!"
Adler hatte nicht geredet. Nur sein Kopf war ein wenig vorgesunken.
„Ich weiß, was du sagen willst, ich kenne deine Einwendungen alle. Schuld? Was ist das? Wir haben unsern Körper, unser Blut, unser Hirn, unsere Ahnen übernommen. Da wir unser eigenes Schicksal nicht formen können, wie könnten wir Schuld haben am Schicksal der andern? Gut, gut! Ich kenne das. Wenn ich dich nicht hinausgestoßen hätte, hättest du dich selber oder ein andrer ein wenig später verstoßen. Gut! Es hat so kommen müssen. Aber was hilft mir das, da ich doch dein Leben zerstört habe!? Ich bekenne, was du auch getan hast, ich, nur ich bin verantwortlich dafür."
Adler fuhr sich jetzt mit den geballten Fäusten an die Schläfen und stieß zwei Laute eines Taubstummen aus. Es klang wie: „Nein! Nein!" Sebastian hielt die Augen geschlossen. Er war blaß wie ein Narkotisierter:
„Nein! Sag das nicht! Sag nicht: Gewissen! Ich halte nichts davon. Zuviel habe ich gesehn und erlebt. Ich selbst bin vollkommen gewissenlos. Immer wieder habe ich Frauen verlassen und mich um die Kinder nicht einmal gekümmert, die ich mit ihnen vielleicht habe. Oh, weniger als kein Gewissen! Ich habe sie, ihren Stimmklang, ihr Haar, ihre Augen vergessen, ohne Rest, ohne Reue. Ich hätte zehnmal morden können, ohne eine schlaflose Nacht zu

riskieren. Siehst du aber? Das ist es ja! Dich habe ich in keinem Augenblick vergessen. Ich bekenne, daß ich dein Leben zerstört habe. Aber ich bekenne auch, daß ich an dir gescheitert bin. Als du bei mir warst, hat mich dein hoher Wert zum Verbrecher gemacht, als ich dich aber ausgestoßen hatte, da hat er mir die Seele geraubt für immer. Jetzt, wo der Tod mir so lächerlich nahe ist, bekenne ich, daß mein Leben an dir gescheitert ist. Denn dich, gerade dich hätte ich lieben müssen!"

Adlers Rücken duckte sich gleich einem Büffel, der die Hörner senkt. Sebastian aber hörte von ferne sich selber reden, wie ein Sterbender das Trostwort des Priesters hört:

„Ich weiß, daß es Vergeltung gibt, aber keine Verzeihung. Denn Vergeltung ist Gesetz, Verzeihung nicht ... Es ist Wahnsinn, aber ich bitte dich um das, was es nicht gibt ..."

Mit einem schluchzenden Gebrüll sprang Adler auf. Der Stuhl des Verhörs schmetterte zur Erde:

„Um Gottes willen! Ich habe es nicht getan!"

Da schrie auch Sebastian. Oder war es mehr ein Singen?

„Nein, du nicht ... du nicht ..."

Was jetzt geschah, erblickte dieses Zimmer mit dem schweren Amtstisch, dem Rechtsbücherschrank, dem Verbrecherstuhl und den andern erbarmungslosen Möbeln zum ersten- und letztenmal. Mit einem tödlich verzerrten Antlitz stürzte sich der Richter auf den Angeklagten und umklammerte ihn. Es sah aus, als würden die beiden Männer nun einen Ringkampf auf Tod und Leben beginnen. Aber Sebastian glitt an Adler herab, und dieser hielt ihn mitten im Fall wie einen Verwundeten auf und stützte ihn unter der Achsel. In dieser starren Haltung eines schmerzlichen Bildwerks verblieben sie eine Minute, zwei Minuten. Dann rasselten aus Adlers Brust die Worte:

„Aber Herr Hofrat!"

Langsam hob Sebastian den Kopf. Wer war das? Er stand. Mit entsetzter Verwunderung starrte ihn ein wildfremdes Gesicht an und suchte in seinen Zügen den Wahnsinn oder die mörderische Hinterlist zu enträtseln. Nein, dieses Gesicht hatte er noch niemals gesehen. War Adler plötzlich geflohen und dieser hier zurückgeblieben? Ein riesiger, gebuckelter Schädel? Ja! Kurzsichtige Augen, Brille? Ja! Aber die schmutzig-grauen Locken, die beim ersten Verhör so rot in der Sonne aufgeleuchtet hatten, sie zeigten jetzt nur schwarze und weiße Fäden.

Es war das schwermütige und aufgewühlte Haupt eines Literaten, der es zu nichts gebracht hatte und jetzt ins Unglück gestürzt war.

In diesem Haupt war Adler nicht zu finden.

Sebastian stellte sich, abgewandt, zum Fenster, um durch eine Weile ruhigen Atmens sein Wesen zu glätten. Es wollte nicht ganz gelingen. Er wartete. Dann aber prüfte er sich wie ein Schauspieler im Augenblick des Auftritts, gab sich einen Ruck und floh mit federndem, ja fast hüpfendem Schritt hinter seinen Schreibtisch:

„Sie erinnern sich also nicht an das Nikolausgymnasium?"

„Nein, ich schwöre, nein, Herr Hofrat!"

„Aber Sie heißen ja Franz Adler ..."

„Franz Josef Adler aus Gablonz!"

Sebastian ließ sich niederfallen und wandte den Blick nicht vom aufgeschlagenen Akt Klementine Feichtinger:

„Ja ...Es ist wahr ...Es ist wirklich wahr ...Franz Josef und Gablonz, beides steht in Ihrem Nationale ...Die Unterscheidungsmerkmale ...Ich habe sie überlesen oder vergessen ..."

Und er machte eine unentschiedene Geste höflicher Förmlichkeit, mit der man einen Gast zum Sitzen einlädt, etwas, was nicht zu diesem Ort paßte. Der Häftling blieb auch stehn, während Sebastian eine verlegene Erschöpfung zu bemänteln suchte:

„Es tut mir sehr leid, lieber Herr ... Aber das von vorhin ... ist nicht mehr ungeschehn zu machen ... Ich muß Sie bitten, es zu vergessen und mich zu entschuldigen ... Ich habe Sie mit einem alten Schulkameraden verwechselt, mit dem Sie einige Ähnlichkeit besitzen ..."

Der Häftling murmelte, wieder in sein Schicksal ergeben:

„Es gibt sehr viele Leute meines Namens."

Sebastians Worte klangen immer tonloser:

„Es ist selbstverständlich, lieber Herr ..., daß Ihnen diese sonderbare Verwechslung nicht zum Schaden gereichen soll. Ich gebe Ihnen mein Wort darauf, daß ich Ihren Fall mit der gleichen Energie behandeln will, als wären Sie wirklich jener ... Bitte, lassen Sie sich durch den Kopf gehen, was ich über den versuchten Doppelselbstmord sagte. Sind Sie aber vollkommen unschuldig, so werden wir alle Mittel aufbieten ... Vorderhand, auf Wiedersehn ...! Und vergessen Sie ... wie gesagt ..."

Der Häftling wich, rückwärtsschreitend, aus dem Zimmer. Er war froh, fortzukommen, obgleich er es sich vorgenommen hatte, endlich auf einem regelrechten Verhör zu bestehn, wie es jedem Verhafteten gebührte. Auf seinen Mienen lag noch immer entsetzte Verwunderung.

Jetzt öffnete Sebastian ein Fenster. War's auch Stickluft, die draußen wogte, sie kam doch aus freien Räumen. Die Straße unten schleppte sich hin. Ihre Bahnen, Wagen, Pferde, Menschen, alles schob sich mit kleinen Rucken und Schritten vorwärts, alles wollte endlich irgendwohin münden, wo es nichts mehr von sich selber wissen mußte. Nur die Hunde schienen fröhliches Leben zu haben, denn sie trieben sich in Kreisläufen und auf Abwegen umher. Die kleine Parkanlage, die ihr Gesicht dem Landesgericht zuwandte, war in Ohnmacht gefallen wie ein Mensch. Die glatte grüne Fläche dichtverschlungener Bäume starrte erblaßt und ergraut. Wie ein Riesenkissen lastete die tote Luft auf den schlaftrunkenen Geräuschen des Lebens. Der Straßenlärm klang wie ersticktes Gekicher. Etwas Weißliches, Molkiges hatte sich in der Atmosphäre verbreitet. Es war wie banale Worte, die sich in ein unglückstummes Gespräch drängen. Keine Erlösung winkte, nur Erweichung.

Doktor Elsner fand seinen Chef wieder, wie er mit halbem Oberkörper aus dem Fenster hing.

„Es ist doch ein bißchen besser geworden", wagte er zu bemerken.

„Ich finde nicht." Sebastian lehnte die Trostlüge ab.

Der Rechtspraktikant ordnete den Akt Feichtinger:

„Ich habe auf dem Präsidium etwas gehört, was den Herrn Landesgerichtsrat sehr interessieren wird ...Die Polizei soll einem allerletzten Besucher der Ermordeten auf der Spur sein ...Es liegt eine neue Anzeige vor ... Wenn etwas daran ist, wird man uns sofort verständigen."

Sebastian wandte sich jäh um. Sein Mund stand eine Weile lang offen, ehe er die Worte sprach:

„Dann ... ja dann ... war mir ein Substitut der Gerechtigkeit gesandt ..."

Bevor aber Elsner noch über den Sinn dieser dunklen Worte nachdenken konnte, sah er, daß der überaus soignierte und zurückhaltende Herr eine so große Gebärde machte, wie er sie ihm niemals zugetraut hätte. Sebastian hob die Arme und griff, seinen Kopf zurücklegend, hoch über sich hinaus. So suchen auf alten Bildern biblische Gestalten das flatternde Kleid der aufwärts entstürzenden Engel zu erhaschen. Der Schreck der Verkündigung verlor sich wie ein feuriger Punkt im Raum.

Und wirklich, Sebastian hatte einen der unwiederholbaren, unwiedervorstellbaren Augenblicke unseres Daseins erlebt, in denen es zur Zündung kommt zwischen Gott und Mensch.

Sogleich aber sank er zusammen und schämte sich seiner Ekstase, schämte sich Gottes wie eines Wesens, in dessen Gesellschaft man sich nicht gerne öffentlich zeigt:

„Eine merkwürdige Sache! Ich habe diesen Franz Adler mit einem gewesenen Mitschüler verwechselt."

Elsner staunte:

„Da hätte ich ja den Herrn Landesgerichtsrat schon vorgestern aufklären können. Der Mann wird nicht Franz genannt, sondern trägt den Spitznamen Rätseljosef. Er ist eine bekannte Figur in den Cafés der Boheme und im Schachklub. Ich selber habe ihn oft gesehn."

Sebastian war es unangenehm, einem Untergebenen gegenüber noch weiter zu gehn. Aber da er sich entblößt hatte, mußte auch dies noch gesagt werden:

„Wir haben – meine Gymnasialklasse nämlich – vorgestern einen Erinnerungstag gefeiert. Und unter dem Einfluß dieser Feier habe ich wohl ein Gesicht in das andere hineingesehn ... Nach einem Vierteljahrhundert ist das ja kein Wunder ..."

„Oh, solche Dinge kommen vor", bestätigte der Schriftführer.

Sebastian ging einige Male auf und ab. Er warf einen Blick auf den Gefangenenhof von Arles:

„Man muß dafür sorgen, daß dieser Mensch gegebenenfalls sogleich auf freien Fuß gesetzt wird. Ich bitte noch heute um telephonischen Bericht!"

„Zuverlässig, Herr Landesgerichtsrat."

Sebastians Lippen überkam ein Lächeln, das sich fast zum Spott steigerte. Es war ihm trefflich gelungen, Gottes Gegenwart zu vertuschen. Er hielt in seinem Denk-Gang inne:

„Sie sind ein geeichter Stenograph, Elsner, nicht wahr?"

„Ja, im Nebenamt. Ich unterrichte sogar."

„Also da würde es mich wirklich interessieren, ob Sie auch nur einen Satz dieses Manuskriptes zu lesen vermögen."

Und er reichte ihm mit zögernder Hand die Blätter hin, auf welche gestern in schnellem Schriftsturz und wirrem Gekritzel ein Teil seines Lebens übergeströmt war, wie er glaubte.

Elsner drehte das Konzept nach allen Seiten, hielt es nah, hielt es fern, trat zum Licht, trat wieder zurück und erklärte endlich:

„Nein, ich entziffere kaum ein Wort. Das System ist mir wirklich völlig unbekannt. Aber wenn Herr Landesgerichtsrat befehlen, werde ich die Schrift einem Sachverständigen zur Auflösung übergeben."

Mit raschem Griff nahm Sebastian sein Stenogramm zurück:

„Es ist nicht nötig, Elsner, danke! Ich bin sogar froh darüber, daß diese Seiten nicht recht zugänglich sind, denn wer weiß, vielleicht ist alles anders, als ..."

Er brach ab und sperrte, sie zusammenraffend, diese Geschichte einer Jugendschuld eilig in eine seitliche Schublade seines großen Richterschreibtisches.